世界神话与传说丛书

FRENCH MYTHS & LEGENDS

法国神话与传说

【英】多丽丝·阿什莉 编著
【英】梅布尔·露西·阿特韦尔 绘

中央编译出版社
Central Compilation & Translation Press

图书在版编目（CIP）数据

法国神话与传说/（英）多丽丝·阿什莉编著；蔡静一译.—北京：中央编译出版社，2023.3

（世界神话与传说）

ISBN 978-7-5117-4171-4

Ⅰ.①法… Ⅱ.①多… ②蔡… Ⅲ.①神话—作品集—法国 Ⅳ.①I565.73

中国版本图书馆 CIP 数据核字（2022）第 078695 号

法国神话与传说

选题策划	张远航
责任编辑	赵可佳
责任印制	刘　慧
出版发行	中央编译出版社
地　　址	北京市海淀区北四环西路 69 号（100080）
电　　话	（010）55627391（总编室）　（010）55627362（编辑室） （010）55627320（发行部）　（010）55627377（新技术部）
经　　销	全国新华书店
印　　刷	北京雅昌艺术印刷有限公司
开　　本	670 毫米 × 889 毫米　1/16
字　　数	108 千字
印　　张	12.5
版　　次	2023 年 3 月第 1 版
印　　次	2023 年 3 月第 1 次印刷
定　　价	58.00 元

新浪微博：@中央编译出版社　　　微信：中央编译出版社（ID：cctphome）
淘宝店铺：中央编译出版社直销店（http://shop108367160.taobao.com）（010）55627331

本社常年法律顾问：北京市吴栾赵阎律师事务所律师　闫军　梁勤
凡有印装质量问题，本社负责调换，电话：（010）55626985

目 录

沉睡之塔	001
熊皮人与绿衣人	015
菲奈特·桑德龙	026
善良的小老鼠	046
蓝鸟	060
寡妇和两个女儿	085
波罕布利翁	095
格拉西罗萨和珀西奈	108
一盆康乃馨	133
两只眼小姑娘	149
厄运与幸运	164
聪明的公主	180

沉睡之塔

从前有位名叫艾马赫的老实人。他是位鳏夫,和自己的老母亲以及唯一的女儿住在一起。小女孩是艾马赫和祖母的心头肉,他们叫她"漂亮甜橙",因为她像橙子一样甜美可爱。

日子一天天过去,小甜橙出落得愈发聪明美丽,一家人的生活也富足平静。然而有一天,一位穿着优雅的女人前来拜访,并要求与艾马赫单独会面。两个人在上了锁的房间里待了很久,久到老太太和小甜橙感到些许不安。最后,老太太用备用钥匙打开了房门,走进去却不见儿子和陌生女人的踪影。"到底是怎么回事?"老太太在心中嘀咕。她十分确信,这两个人不可能在自己的眼皮底下离开这个房间,离开这座房子。虽然房间的窗户是打开的,但这个房间位于房子的顶

沉睡之塔

层,两人不可能从窗户离开。老太太和小甜橙搜遍了房子的每个角落,也向家里的佣人询问了情况,却没人看到艾马赫或那个女人。

天渐渐黑了,又渐渐亮了。慢慢地,第二天也过去了,艾马赫却始终没有回来。老太太和小甜橙十分焦急。

就这样几天又过去了。一天早上,老太太和小甜橙来到小溪旁哭泣。老太太喊道:"如果能找到我的儿子,我愿倾尽所有!"这时,一条正在溪水里游来游去的鲤鱼突然探出头说:"善良的老太太,我不需要你倾尽所有,但如果你能发誓你和你的家人这辈子都不再吃鲤鱼,那我就告诉你你儿子如今在何处。"

老太太和小甜橙感激地许下了承诺。鲤鱼继续说道:"你也知道,你的儿子年轻帅气。一个名叫洛兹的邪恶仙女

见到他并爱上了他。她去找他，央求嫁给他，但你儿子轻蔑地拒绝了。于是她用双龙飞车从窗户把他带走了。"

"邪恶的仙女把他带去了哪里？"老太太焦急地问。

"带去了她的城堡，把他像囚犯一样关了起来。"

"我马上就出发到那里去……"

"等一下！"鲤鱼喊道，"除了漂亮甜橙和仙女洛兹，没人能接近那座城堡。仙女洛兹也知道这一点，所以她已在小甜橙的必经之路上布下了重重难关。如果小甜橙有勇气去救自己的父亲，那么她将遇到各种困难。第一道难关便是囚禁艾马赫的沉睡之塔。那座玻璃塔之所以叫'沉睡之塔'，是因为任何靠近它的人，一看到它就会入睡。如果小甜橙想要到达沉睡之塔，就必须保持绝对清醒。仙女洛兹的城堡坐落在迷雾山谷的谷底，离这儿有好几英里[①]。我已经把知道的都告诉你们了，祝你们好运！"

话音刚落，鲤鱼便跃入水中，不见踪影。

老太太得知自己的儿子落在邪恶仙女手中，感到十分害怕。但

---

① 1英里≈1.6千米。

沉睡之塔

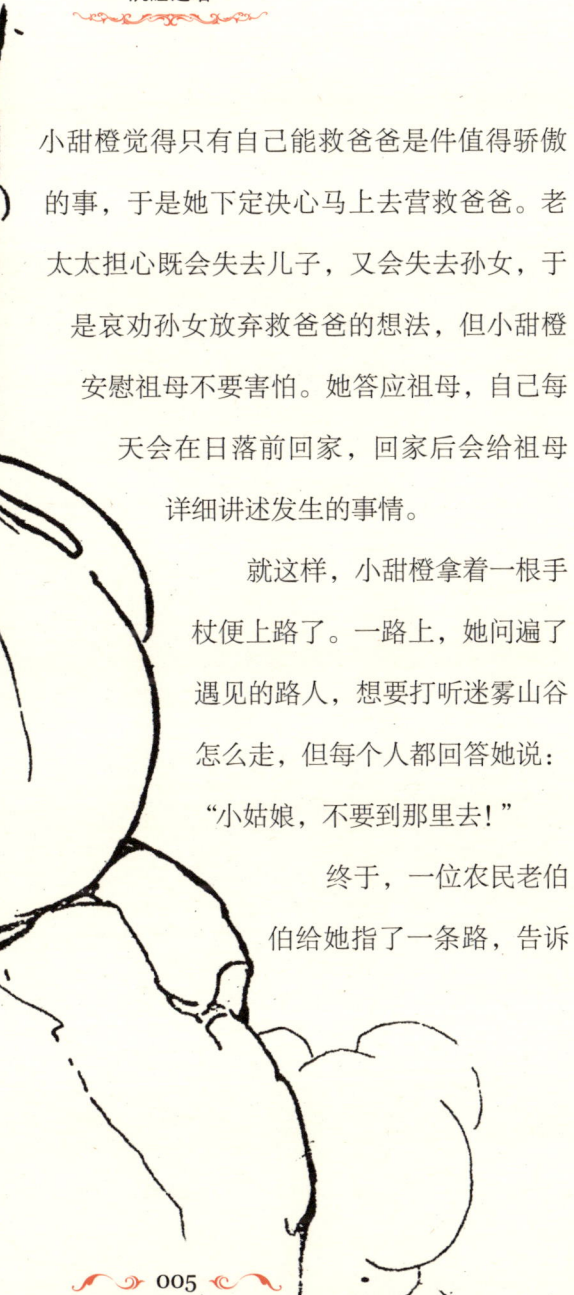

小甜橙觉得只有自己能救爸爸是件值得骄傲的事，于是她下定决心马上去营救爸爸。老太太担心既会失去儿子，又会失去孙女，于是哀劝孙女放弃救爸爸的想法，但小甜橙安慰祖母不要害怕。她答应祖母，自己每天会在日落前回家，回家后会给祖母详细讲述发生的事情。

就这样，小甜橙拿着一根手杖便上路了。一路上，她问遍了遇见的路人，想要打听迷雾山谷怎么走，但每个人都回答她说："小姑娘，不要到那里去！"

终于，一位农民老伯伯给她指了一条路，告诉她沿着那条路就能到达那个被施了魔法的山谷。路程刚过半时，小甜橙遇到了一位老婆婆。这位老婆婆背着一捆很重的木材，跟跄地往前走着。生性善良的小甜橙看到后很同情老婆婆，于是对她说："老婆婆，您背的东西太重了，您家离这里远吗？"

"不太远，"老婆婆回答道，"如果你能帮我分担一点，我会非常感激你的。"

小甜橙帮老婆婆分担了一半木材，等到了老婆婆家时，她已经累得气喘吁吁了。她坐下来，向老婆婆讨了杯水。"好的，跟我来。"

老婆婆说道。老婆婆带着小甜橙进入了身后的另外一个房间。突然，房子和老婆婆都消失了。小甜橙发现自己身处一间富丽堂皇的屋子里，屋子里摆满了名贵的家具，挂满了巨大的镜子。随后，一个年轻人出现并说道："美丽的女孩，请原谅我用这样的方式欺骗你来到这里。我是一个爱慕你的精灵，我恳求你嫁给我！"

听到这番话后小甜橙震惊不已。她回答说，自己目前唯一的想法就是救出爸爸。精灵告诉她这个想法根本无法实现。黄昏时分，精灵为小甜橙准备了一顿丰盛的菜肴，但小甜橙一心想着与祖母约定好在日落前回家，于是她请求精灵放自己离开。精灵试着拦住小甜橙，小甜橙越来越害怕，大声喊道："噢，爸爸，爸爸，我可怜的

沉睡之塔

爸爸!"

小甜橙不知道,当她大喊三声"爸爸"时,施加在她身上的任何魔法都会消失。正因如此,宫殿和精灵都消失了,小甜橙发现自己站在最初遇到那个骗人的老婆婆的地方。她急忙往家里走去,告诉了祖母发生的一切,祖孙两人都认为这是仙女洛兹设下的圈套。

第二天,小甜橙毅然决然地上路了。临近中午,她到达了迷雾山谷。山谷浓雾弥漫,伸手不见五指。这是仙女洛兹的另一个计谋,是为了让小甜橙无法认出关着爸爸的沉睡之塔。虽然小甜橙看不到这座塔,但是她能感受到这座塔的魔力。几个莽撞地靠近高塔的人打着哈欠,揉着眼睛,一下子睡着了。

"这样可不行,"小甜橙自语道,"如果我像这些人一样睡着了,那我就再也见不到爸爸了。我现在得先回家想想办法,保证自己明天再来时能保持清醒。"于是小甜橙回到了祖母身边,祖母看到孙女安全归来十分高兴。

第三天早晨,小甜橙在裙子和鞋子上缝了很多铃铛,想着这些铃铛发出的声音也许能帮助自己保持清醒。她手中还拿了两个木板,用来敲打,以发出声响。带上这些准备好的物品,小甜橙再次向迷雾山谷出发。路上遇到她的人都觉得惊奇,他们大喊:"快来看看这个奇怪的小摇铃人！"

　　小甜橙敲打着手中的木板走进了山谷。木板的声响和铃铛的杂音让她保持清醒。最后，她到达了沉睡之塔脚下。她看到爸爸被关在塔尖的一间小水晶房里。仙女洛兹走进那个房间，递给艾马赫许多珠宝和珍品，但艾马赫轻蔑地拒绝了。于是仙女走到窗旁，给艾马赫指了指塔下的小甜橙，似乎在威胁要杀了这个小姑娘。艾马赫给小甜橙打着手势，让她立刻离开。天慢慢变黑，小甜橙对着爸爸多次飞吻后，急匆匆地回到了祖母身边。祖母听到儿子还活着的消息，喜出望外。

　　第四天，在小甜橙前往沉睡之塔的路上又发生了意外。小甜橙发现有个跟自己差不多大的男孩在一口深井旁玩耍。突然，男孩脚一滑掉进了井里。小甜橙马上放下绑着绳子的大水桶，幸运的是，男孩毫发无伤地被救了上来。他向小甜橙诚挚道谢，告诉她自己名叫狄智·德·阿穆尔（意为"爱之枝"），并请她一同去拜访自己的母亲。他的母亲是一位仙女，会好好酬谢自己儿子的恩人。

　　小甜橙并不想要任何酬谢，但她很喜欢这个帅气的男孩，愿意和他一起去见他的妈妈。他们来到一座漂亮的房子前，见到了一位异常美丽的女人。女人亲吻了小甜橙，并说道："我知道你是谁，我也

知道能给你的最好回报是让你的父亲重获自由。但是很遗憾,我的力量有限。如果我干涉仙女洛兹的事情,会惹怒其他的仙女们。但我可以帮你和高尚的艾马赫说上话。"

"啊,夫人,"小甜橙热切地说道,"如果您能把我变成一只小鸟,我可以飞到爸爸的窗前和他说话。"

于是仙女将小甜橙变作一只燕子,并答应小甜橙等她回家的时候再把她变回原样。小燕子立刻飞向水晶房间的小窗户。"爸爸,爸爸!"她喊道。

"谁在叫我?"

"一只小燕子,但其实我是你的女儿。"

"唉!残忍的仙女洛兹把你变成了一只鸟!"

"不,亲爱的爸爸,是我的一位朋友好心帮助我,把我变成了鸟,这样我才能来见你。"

艾马赫急切地来到塔窗前,亲吻了漂亮小鸟的鸟喙。随后他们聊了很久。日落时,小甜橙飞回善良仙女的家中,变回了原来的模样。她急匆匆地回到祖母身边,为祖母讲述了这一天的经历。

在那之后小甜橙每天都去看望父亲。每次都是先到善良仙女的家中变成一只燕子,再在回家的路上变回原来的样子。但是有一天,

沉睡之塔

父女二人正热切交谈时,仙女洛兹悄悄地来到了塔上。她大声叫道:"呵!呵!漂亮的小摇铃人,你把自己变成了一只小鸟来欺骗我。你真该死!"随后便捡起石块朝可怜的小鸟砸去。小甜橙惊慌失措地飞走了。

艾马赫拽住了仙女洛兹的手臂,请求她放过自己的女儿。但气急败坏的仙女不为所动,还放出了自己的一条飞龙去追赶可怜的小鸟。可怕的怪兽抓住了小甜橙,眼看她就要没命了。突然,小甜橙大喊道:"爸爸,爸爸,救救我,爸爸!"

话音刚落,魔咒解除。飞龙坠落到地上摔死了。残忍的仙女洛兹匆忙拿出一杆枪朝小鸟射击。小甜橙原本躲在一棵树上，但她勇敢地俯冲，用鸟喙叼起一颗沉沉的石头。她飞向高塔，扔掉石头，砸碎了玻璃做的围墙。

一瞬间，所有魔咒都被打破了。阿穆尔的母亲善良仙女乘着黄金飞车将艾马赫接到了自己的家中，小甜橙竭尽全力跟在飞车后面，只留下恶毒的仙女洛兹吃力地修补着自己的玻璃高塔。

狄智·德·阿穆尔高兴地迎接了艾马赫和小甜橙。此时的小甜橙已经变回了人形，她和父亲得到了贵宾般的礼遇。阿穆尔的母亲善良仙女乘坐飞车去了仙女议会，为她的朋友们进行辩护。与此同时，阿穆尔派了一名信使带着一匹骆驼去接小甜橙的祖母。当祖母再次见到亲爱的儿子时，忍不住喜极而泣。

两天后，善良仙女回来了。"一切比我预期的顺利，"她说道，"我向仙女议会申辩说，我们仙女拥有魔法是为了造福人类，而不是为了折磨人类。我说明了仙女洛兹如何惩罚了这位忠于自己父亲的小女孩。我讲述了小甜橙的所有冒险经历，讲述了她的耐心、她的忠诚和她为寻找父亲所遭遇的危险，得到了其他仙女们的同情。仙女洛兹也受到了公正的责罚。艾马赫，我还为你带回了'美德面具'。如果你的敌人再去打扰你的生活，你就戴上这个面具，这样她立刻就会逃

走，因为邪恶最怕的就是坚定不变的善良。"

"现在你们可以回家了。在此，我也祝福自己的儿子，希望有一天他能成功迎娶这位甜美、忠诚的女孩。"

熊皮人与绿衣人

很久很久以前,有一个只对打仗感兴趣的青年。后来,他加入了国家军队,成了一名二等兵。

在他参军后不久,国家爆发了一场大规模的战争。战争持续了八年。八年来,士兵始终英勇无畏地为国奋战。他极为幸运,竟在战争中毫发无伤。然而,他的英勇既未让他得到奖赏,也未让他获得晋升。

后来,战争双方达成了和平

协议，包括我们的主人公在内的许多士兵因此被遣散。士兵们被告知他们不再有用武之地，应该尽可能离开军队，另谋生路。

我们这位年轻人，他的父母死于战争年代，因此他无家可归。他请求兄弟们收留他，直到新的战争爆发。但他的兄弟们心肠如铁，觉得这个年轻人是个祸害，让他自谋生路。这个可怜的年轻人除了一杆枪外身无分文，于是他扛着枪，开始寻找出路。

年轻人漫无目的地闲逛，他来到一片树丛环绕、宽阔平坦的草坪前。他坐在树下，开始悲伤地自言自语：

"我身无分文，除了打仗，对其他事情一无所知。如今，和平让我变得一无是处，我敢肯定自己将被饿死。"

突然间他听到一阵声响，抬头一看，眼前站着一位身穿绿衣服、扮相富态的陌生人。

"我知道你想要什么，"陌生人说，"你想要钱。这东西你想要多少就有多少，但我首先需要确定你不是一个懦夫，而是一名勇士。"

年轻人回答道："士兵和懦夫这两个词本就不能相互搭配，你尽管来考验我吧。"

"很好"，陌生人说道，"看看你的身后！"

士兵转过身去，他看到一只凶猛的巨熊咆哮着朝自己奔来。

"噢！噢！"士兵说道，"我看看你还怎么咆哮。"他举起枪，一枪击毙了巨熊。

"很好，"陌生人喊道，"我看到了你的无畏，但你还要完成一些其他任务。"

年轻人看出自己是在跟魔鬼做交易，他回答说："我不在乎，只要你不让我去做错事。"

陌生人说道："你可以自己做判断。未来七年，你不能洗漱，不能理发，不能剃须，不能剪指甲。我会给你一些衣服和一件斗篷，这斗篷你必须时刻穿在身上。七年之内如果你死了，那么你将归属于我；如果你活过了这七年，那么你将变得富有且生活无忧。"

士兵想到了自己的贫穷处境，又回忆起自己曾多次不惧死亡的经历，于是决定接受提议。

陌生人脱掉自己的绿色外套递给士兵并说道："只要你穿着这件外套，任何时候你都能从衣服口袋里掏出满满的黄金。"随后，陌生人剥掉熊皮，补充说："这张熊皮将被用作你的斗篷，你的床榻。从今以后，你就是熊皮人了。"话一说完，陌生人便消失不见了。士兵立即穿上了绿色外套，他将一只手伸进口袋里，抓出了满满的黄金。原来陌生人没有骗他。随后，士兵将熊皮裹在身上，开始了自己的旅

熊皮人与绿衣人

途。一路上,他从未对花钱这件事有所顾虑。

第一年,熊皮人的外表还看得过去。第二年开始,他的外表越来越丑陋。他的头发又长又乱,胡须结成一团,脸上满是尘土,仿佛在脸上撒上种子都能生根发芽。见到他的人都会吓得跑开,但人们也发现,这个熊皮人会给穷人布散施舍,只要求接受了好意的人们为他祈祷七年的平安。而且熊皮人看起来还算老实,所以他总能找到住的地方。

岁月在不算愉快的日子中渐渐流逝。第四年的某天夜里,熊皮人在请求入住旅店时遭到了店主的拒绝。店主甚至不愿意让熊皮人留宿马厩,害怕他会吓到马匹。然而,当熊皮人把手放进口袋并掏出一把黄金时,店主改变了主意。他同意熊皮人入住庭院里的房间,但要求熊皮人不能在其他房客面前露面,以免吓跑房客。

一天夜里,当熊皮人坐在房间许愿七年赶快过去时,他听到隔壁有人在哭。心软的熊皮人打开房门,看到一位老人在埋头啜泣。老人抬起头,看到奇怪的身影后被吓得想要逃跑。然而,当他听到说话的是人类时,便放下防备,熊皮人和善的语气也让他不由得想要倾诉自己的烦恼。原来是这位悲伤的老人弄丢了所有的钱,他和三个女儿因此身陷窘境。老人因为还不起旅店店主的欠款,马上要被抓到监狱去了。

熊皮人说："如果您只是为此悲伤,那我来帮您解决,我有很多钱。"熊皮人请来店主,付清了对方索要的欠款。熊皮人还额外给了老人足够多的钱,让他用来还债并开始新的生活。

烦恼解决了,老人急切地想要表达自己的感谢,于是他说道:"请跟我去我家吧。我的女儿们都很漂亮,你可以选一个做你的妻子。虽然你穿着古怪,但凭着你对我的恩情,我的女儿们断然不会拒绝你。而且,有个女人在身边很快就能改善你的穿着打扮。"

熊皮人接受了老人的邀请,去了老人家里。然而,当老人的大女儿看清这个不幸的人有多么可怕时,尖叫着被吓跑了。二女儿上上下下打量了熊皮人一番,说道:"我怎么可能让一个长得不成人样的家伙做我的丈夫。我宁愿嫁给那天在集市上跳舞的无毛熊!那只熊只是长得丑,但眼前的可是个怪物!"

然而,小女儿却说:"亲爱的爸爸,这个人在你困难时帮助了你,他肯定是一个好人。既然你许诺将自己的女儿许配给他,那你也要信守承诺。"

听到这番话,熊皮人十分高兴,但脸上的毛发、尘污遮挡了他喜悦的神情。他从手上取下一枚戒指掰成两半,将其中一半给了眼前

这位姑娘，告诉她小心保管，他自己也会保存好另一半。当天夜里，熊皮人离开了老人的家。走前熊皮人跟小女儿说："我现在必须离开你三年，等我回来我们就结婚。如果我没回来找你，就说明我已经死了，你也不用等我了。为我祈祷吧。"

可怜的姑娘十分悲伤，每当想起熊皮人，她便会热泪盈眶。她的姐姐们却总拿熊皮人打趣。大姐说："你俩拉手时小心他抓伤你。"

二姐说："熊喜欢吃甜食，你俩亲吻时小心他吃了你。"

"你还得永远服从他，"大姐补充道，"否则他会咆哮。"

二姐接话说："不过，婚礼的气氛一定非常欢乐。你也知道，狗熊都喜欢跳舞。"

小女儿没有制止姐姐们的嘲笑，也没有发脾气。至于那个披着熊皮的人，他继续着自己的旅行。一路上他依旧乐善好施，并请求对方为自己祈祷。

七年终于过去了，熊皮人回到了树木环绕的草地前。疾风骤起，魔鬼现身。魔鬼心情很差，他把士兵的旧衣服扔了过去，并要回了自己的绿色外套。"等一下，"熊皮人说道，"你得先帮我清洗一下。"虽然不情愿，但魔鬼还是取来了水，帮熊皮人清洗、梳头、剪指甲。终于，熊皮人变回了正常人的样貌，外表甚至比过去还帅气。

魔鬼离开了，没有继续折磨熊皮人，熊皮人心中的重负终于卸下了。他回到镇上，换上了一身体面的丝绒西装，驾着四匹马的马车去了未婚妻家。然而，那家人谁也没认出他。老人以为他是位贵族，领着他来到女儿们休息的客室。大女儿和二女儿为这位陌生人准备了可口的菜肴。两人窃窃私语，说自己从未见过如此帅气的男人。熊皮人的心上人身着黑色衣服坐在他的对面。她双眸低垂，一言不发。老人小心翼翼地询问眼前的陌生人，此行的目的是否是来挑选自己的女儿作为新娘。年长的两个女儿马上跑回房间换上各自最好的衣裳，两人都认为肯定是自己当选。

当房间只剩这位陌生人和小女儿时，陌生人从口袋里掏出自己的半个戒指。他把戒指放在一杯红酒里，并把杯子递给了小女儿。小女儿喝光红酒，看到杯底的戒指时，她的心高兴得要跳出来了。她抓住脖子上戴着的另一半戒指，把两个半戒对在一起，完美地拼成了一个戒指。

随后，这位陌生人对小女儿说："我就是那个外表曾经令人恐惧的人，你的未婚夫。感谢上天，我现在恢复了正常人的样子。"

他将她拥入怀中，不停地亲吻她。此时，年长的两个姐姐穿着自己最好的衣服先后从房间出来。当她们听说眼前这位年轻帅气的男

熊皮人与绿衣人

人就是自己妹妹的未婚夫熊皮人时,妒火中烧,气得跑开了。

当年夜里,年轻人听到一阵敲门声。他打开门,门外是身穿绿衣的魔鬼。魔鬼兴冲冲地对他说:"虽然你从我的手中死里逃生,但我现在又抓到了两个!"

菲奈特·桑德龙

曾经有一对不擅长处理国政的国王和王后,他们被强大的邻国君主赶出了自己的国家。他们开始一点一点变卖家当。最初他们卖掉了皇冠和珠宝,之后又卖掉了华丽的衣服和精致的家具,最后几乎什么都不剩了。于是国王对王后说:"我们被逐出了自己的国家,现在也不剩什么家当了。为了养活自己和可怜的孩子们,我们必须找点事做。想一想我们都能做点什么?我除了当过国王,别的都没干过。"

王后思考了一会儿后说道:"我们不用难过。你要做的就是编网去捉鸟捕鱼。如果网烂了,我再织新的线。至于我们的女儿们,这些懒惰的姑娘还把自己当成贵族小姐,觉得可以每天无所事事。我们得把她们送走,送得远远的,让她们找不到回家的路。我们只能养活自

菲奈特·桑德龙

己,养活不了她们。"

　　仁慈的国王哭了起来,但王后心意已决,国王也不得不同意王后的提议。他们决定第二天一早就把三个女儿送走。然而,小公主菲奈特趴在钥匙孔处偷听到了他们的谈话,她决定立刻出发,去找自己的教母——住在遥远的山洞中的梅赫露诗仙女。

菲奈特带上了一些新鲜的黄油、鸡蛋、牛奶和面粉，打算为教母做一个美味的蛋糕来哄她开心。菲奈特打起精神出发了，但这趟旅途十分遥远，她越走越累，连鞋底都磨坏了。最后她一屁股坐在草地上，开始放声大哭。就在此时，一匹备有马鞍和缰绳的马匹路过。马儿看了公主一眼，公主停止了哭泣。她拉住缰绳对马儿说："漂亮的小家伙，我实在走不动了，你能带我去找我的仙女教母吗？如果你同意，我会十分感激你。"马儿俯下身，菲奈特跳上了马背。马儿载着她一路飞奔，最后停在了山洞入口。一路上，马儿仿佛认得路一样——实际上的确如此，因为这匹骏马正是梅赫露诗仙女派去的。

菲奈特见到仙女后，向她行了三个屈膝礼，并说道："日安，教母，您一切都好吗？我带了一些黄油、牛奶、面粉和鸡蛋，来给您做一个美味的蛋糕。"

仙女和蔼地说："菲奈特，欢迎你的到来。"她亲了亲菲奈特，继续说道："我的孩子，我知道你为什么来我这里。你偷听了国王和王后关于如何摆脱你的对话，你会躲过这不幸的命运的。你只需要拿着这股永远都不会断的线，把它的一头系在家里的门上，另一头拿在手中。王后撇下你后，你顺着线就很容易找到回家的路。"

菲奈特·桑德龙

仙女又给了菲奈特一包华丽的衣服，衣服上绣着金丝银线。小公主谢过教母，骑着骏马飞快地回到了家里。到家后，她悄悄地进了家门，把包裹藏在了枕头下，随后像什么都没发生过一样上床睡觉了。

黎明时分，国王叫醒了妻子。王后立刻起身唤来了三个女儿。大女儿名叫芙勒·德·艾慕（意为"爱之花"），二女儿名叫贝尔·德·努依（意为"夜之美人"），小女儿名叫菲尼·奥西欧（意为"灵敏的耳朵"），但人们习惯叫她菲奈特。年龄较大的两个女儿因拥有美貌而自恃清高，性格冷漠懒惰。"我一直在考虑，"王后说，"我们应该去拜访我的姐姐。她一定会好好款待我们。"三个女儿回答说愿意一同前往，她们留下国王，和王后一起出发了。一行人走了很远很远，菲奈特担心线不够长，但线始终没断。当王后认为三个女儿不可能找到回家的路后，她把女儿们带进了一片树林里，命令她们睡觉休息，并说自己会守着她们。后来，王后觉得女儿们睡熟了，于是起身离开，匆匆赶回了家。

菲奈特虽然闭着眼睛，但她并没有睡着。她心想："如果我是个本性很坏的女孩，我应该自己回家，把姐姐们留在这里等死，因为她们总是揍我、抓伤我，但我不会留下她们的。"于是菲奈特叫醒了姐姐们，把整件事讲给她们听。两个姐姐开始啜泣，她们向菲奈特许诺，如果她能带着她们回去，她们会把自己的首饰珠宝都送给菲奈特。菲奈特说："我很确定你们不会送给我的，但不管怎样我都会帮助你们的。"菲奈特站起来，向姐姐们展示了手上的线。顺着这根线，姐妹三人轻松地找到了回家的路，跟王后前后脚进的家门。

到达家门口时，姐妹三人偷听到国王的话，他说："我多希望你能带菲奈特一起回来，这样也许就能平复我失去另外两个女儿的心情。老大和老二从不在乎其他人，她们只爱自己。"国王的这些话令芙勒·德·艾慕和贝尔·德·努依非常生气，她们暗中决定要让得到父王偏爱的菲奈特付出代价。当王后在家里看到女儿们时，她十分震惊。但她假装很开心，为女儿们准备了晚餐，还送她们上床去睡觉。

"姐姐们，"菲奈特说，"现在把你们许诺的礼物送给我吧。"

两位公主愤怒地尖声叫道："这就是我们给你的全部。"说着，她们抓起纺纱棒把菲奈特打得鼻青脸肿。之后，她们便去睡觉了。可怜的菲奈特睡不着，她偷听到王后对国王说："我会换另一个方向带着她们走，这次会走得更远。我保证她们永远不可能回来。"

听到这个计划后，菲奈特立刻起身再次去拜访教母，这次她带了两只母鸡和两只小兔子作为礼物。没走多远，菲奈特看到之前的那匹骏马追了上来。她骑上马很快就到了教母那里。

菲奈特把礼物送给仙女，再一次请求教母给予帮助。梅赫露诗让菲奈特开心一点儿，还给了她满满一袋子烟灰。梅赫露诗说："把这包烟灰带在身前，你一边走一边撒，你的脚就会踩到这些烟灰，返

菲奈特·桑德龙

程路上你只需跟着脚印就可以了。但是，不要再把你的姐姐们带回家了，她们太恶毒了。如果你不听我的话，我就再也不帮你了。"

除了一袋烟灰，仙女还给了菲奈特一个小盒子，里面装着上千颗钻石。菲奈特拿着这两样东西回家了。

第二天早上，王后叫三个女儿和她一起去采草药。一小队人出发了，菲奈特走在最后。她一边走一边撒烟灰。黄昏时分，三位公主实在太累了，她们躺下后很快就睡着了，王后趁机溜回了家。

天再次亮起时，菲奈特叫醒了两个姐姐，当她们俩发现自己又一次被抛弃后，痛哭起来。菲奈特——这个世界上最善良的女孩，又一次对姐姐们心生怜悯。她不顾教母的要求，再一次带姐姐们找到了回家的路。

国王和王后对此十分困惑。第二天夜里他们想出一个全新的计划来甩掉自己的孩子们。菲奈特又一次偷听到了两人的谈话内容，她跑去跟两个姐姐说："天啊！我们肯定要迷路了。母后决定把我们带去荒无人烟的地方，然后把我们留在那里。我已经违背了我的教母，我不敢再去请求她给予帮助。"姐妹三人沉默了一阵子，随后贝尔·德·努依说道："这个世界又不是只有梅赫露诗仙女拥有智慧。我们只需要带上很多豌豆粒，一边走一边撒，就能找到回家的路。"

芙勒·德·艾慕也认为这是个很棒的主意，于是两个姐姐往口袋里塞满了豌豆粒。菲奈特没有带上豌豆粒，而是带上了那一包华丽的衣服和装满钻石的小盒子。王后叫她们的时候，她们已准备妥当。

这次，王后走得更远了。一天深夜，她扔下女儿们，自己回了家。尽管很累，但她很高兴终于摆脱了三个女儿。

第二天，公主们睡到很晚才醒来。睡醒的菲奈特十分担心，这次她没有教母的帮助，对两个姐姐的聪明程度也没有信心。果然，当姐妹三人试图寻找回去的路时，却找不到任何标记。姐姐们撒下的豌豆粒都被鸽子吃掉了。

公主们漫无目的地游荡，既悲伤又恐惧。她们饿了整整两天，最后菲奈特发现了一颗橡果。两个姐姐抢着要吃橡果，菲奈特说："一颗橡果不够我们三个人分。我们把橡果种下，也许能长出一棵树供我们食用。"两个姐姐同意了。幸运的是，她们最后找到了一些白菜和生菜，并靠着这些菜过活了一阵子。

姐妹三人露宿在星空下，每天早晚轮流给橡果浇水。她们一边浇水一边念道："长大吧，长大吧，漂亮的橡果。"橡果也开始飞速地成长成小树。当这棵橡树稍微长大一点儿时，芙勒·德·艾慕试图爬上去，但树还不够粗壮，无法承受她的重量。贝尔·德·努依也没

能爬上去。菲奈特体重稍微轻一点儿,她爬了上去。两个姐姐问她:"妹妹,你看到果实了吗?"

菲奈特回答说:"没有,我什么都没看到。"

芙勒·德·艾慕说:"可能是橡树长得还不够高。"于是她们继续给橡树浇水。

菲奈特每天爬两次树。一天早上,菲奈特爬到树上后,她的两个姐姐找到了那包漂亮衣服和装满钻石的小盒子。贝尔·德·努依大声嚷道:"我们把珠宝拿走,再放些石头进去。"菲奈特并没有发现自己的东西被偷走了,她一心惦记着橡树,那颗橡树如今正茁壮生长。

一天,菲奈特爬上树枝后惊呼:"我看到一座漂亮的大房子,我不知道怎么向你们形容。房子的墙壁是绿宝石和红宝石堆砌的,屋顶是钻石铺成的,房子外面挂满了金铃铛。"两个姐姐也爬了上去,她们对看到的景象赞叹不已,决定前去一探究竟。两个姐姐说:"也许我们能在那里找到英俊的王子,他们会高高兴兴地迎娶我们。"整个晚上,她们都在谈论自己的计划。当菲奈特睡着后,两个刻薄的姐姐起身穿上了从菲奈特那里偷来的绣有金丝银线的漂亮裙子,还戴上了钻石装扮自己。

菲奈特并不知道自己的东西已经被两个姐姐抢走。当她醒来去找自己的东西时，才发现除了石子什么都不剩了，这让她十分难过。当她看到两个姐姐穿着自己的衣服时，指责了她们的行为，两个姐姐却取笑了她。

可怜的姑娘抗议道："这些衣服都是我的，是我的教母送给我的，你们没有权力占有它们。"

两个姐姐却说："你再敢多说一个字，我们就杀了你，再把你埋在这里，没人会发现。"

菲奈特不敢再激怒两个姐姐，只好顺从地跟在她们身后，像个女仆一样。

越走近那所房子，她们就越发现那所房子的魅力。大姐说："我们会与国王共餐，但菲奈特得留在厨房刷碗，因为她看起来就像个洗碗工。我们必须谨慎一点儿，不要透露她是我们妹妹这件事。"聪明漂亮的菲奈特对她所遭受的折磨感到十分难过。

到达后她们敲了敲房门，开门的是一个大约十五英尺[①]高，且极为丑陋的老妖婆。这个老妖婆只有一只眼睛，嘴巴奇大无比，看到她

---

① 1英尺=30.48厘米。

的人都会被吓到。

老妖婆说:"你们这些臭丫头来这里做什么?这里是食人怪的城堡,你们三个勉强只够他一顿早餐。不过,我比我丈夫善良一点儿,我不会一下子把你们三个都吃掉的。"说完,老妖婆用自己巨大的手臂抓起了她们,把她们扔进了黑暗的地窖里。随后,她取来油和醋,打算把三个女孩做成一道沙拉。突然,老妖婆听到了食人怪的脚步声。想到这些公主们是如此白嫩可口,老妖婆打定主意要独自享用。于是,她把三个女孩藏到了厨房的一个大盆下面。

食人怪的身高是他妻子的六倍,样子也比他的妻子丑六倍。他一说话,整个房子便会颤动。公主们从大盆上的小洞偷看外面,被吓得浑身发抖。她们不敢大叫,只敢小声说:"食人怪会活吞了我们,我们怎么做才能逃走?"

食人怪走进厨房对妻子说:"我闻到了新鲜人肉的味道,给我拿来点。"

老妖婆说:"只是路过了几只羊而已。"

食人怪呵斥道:"我不会弄错的,我闻到的肯定是新鲜的人肉。如果让我发现你背着我藏了东西,我会把你的头砍下来。"

听到食人怪的威胁后,老妖婆害怕了。她答道:"亲爱的丈夫,

你不要生气,我这就跟你坦白。今天有三个年轻姑娘来到了这里,但吃掉她们有点可惜,因为她们什么家务活儿都会干。我已经老了,总是想要休息。我们漂亮的房子脏了,我们的面包烤得很难吃,我们煮的汤淡而无味。这些姑娘可以做我们的仆人,所以我请你先不要吃掉她们。等哪天你想吃了,她们也逃不出你的手心。"

食人怪想立刻吃掉这些姑娘,所以不愿意答应老妖婆的请求,但经过很长一段时间的争执,他还是答应先留她们一段时间。老妖婆心中暗想:"等哪天我丈夫出门猎食的时候我再独吞这些姑娘,然后告诉我丈夫她们逃跑了。"

公主们被带到食人怪面前时被吓得半死。食人怪问她们都会做些什么。她们回答说会扫地、缝纫和纺织,还会做美味的蛋糕和馅饼。食人怪饿极了,于是安排她们立刻开始工作。"但是,"食人怪转向菲奈特问道,"生火之后,你怎么判断炉子是不是足够热?"

菲奈特回答说:"主人,我会先扔一些黄油进去,再用舌头尝一尝。"

"很好,"食人怪说,"去生火吧。"

菲奈特把火生得很旺,整个炉子就像个大熔炉。她把一块巨大的黄油扔了进去,然后对站在旁边的食人怪说:

"得用舌头尝一尝,但我太矮了,够不到黄油。"

"我够得着。"食人怪说。随后他弯下腰,把整个身体伸进了炉子里。但他伸得太深,出不来了,于是被烧成了灰烬。老妖婆来到炉子前,吃惊地发现自己的丈夫已变成了一抔灰烬。

三位公主安慰老妖婆,说她可以很容易地嫁给一位国王或者王爵。菲奈特补充说:

"请允许我们为您梳洗打扮,您会变得很美。"

"好吧,"老妖婆说,"让我瞧瞧你们的本事。但如果我发现有人比我漂亮,我决不会饶过你们。"

三位公主取下老妖婆的帽子,一边为她梳理头发,一边和她聊天。这时,菲奈特拿起一柄斧头,在老妖婆身后用力一砍,老妖婆的头滚落了下来。两位公主见状非常高兴,她们开始探索这座富丽堂皇、满是宝物的房子。两个姐姐睡在挂满锦缎的床上,她们对彼此说道:"虽然我们现在比父王执政时还要富有,但因为大家都不知道食人怪夫妇已经死了,所以也不会有人到这里来。我们必须穿着华贵的衣服到临镇去炫耀一下,这样很快就能找到愿意迎娶我们的老实商人。"

第二天早上,芙勒·德·艾慕和贝尔·德·努依打扮好便出门了，她们让菲奈特留下打扫房子。可怜的菲奈特哭诉道："我是多么不幸啊！如果我没有违背教母的忠告，我就不会深陷麻烦之中！"

两个姐姐很晚才回来，她们很兴奋。

"我们参加了一场盛大的舞会，"她们说，"国王的儿子也出席了，我们很仰慕他。"

接下来的日子里，两个残忍的姐姐每日出门享乐，留下菲奈特承担所有家务，也不给她任何回报。

一天晚上，当菲奈特坐在炉边生火时，她发现烟囱的裂缝处有一把很小的钥匙。这把钥匙很老旧，上面满是铜锈。菲奈特小心翼翼地清洗打磨后，发现这竟是一把金钥匙。菲奈特拿着钥匙从阁楼到地窖一间间屋子去试，终于找到了可以插进这把钥匙的小箱子。菲奈特看到箱子里装满了漂亮衣服、高级珠宝和精美细麻，十分开心。她用这些物品迅速打扮好自己，赶去姐姐们参加的那个舞会。在舞会入口处，侍从询问她的名字。想到自己是在厨房里做不起眼的工作，菲奈特回答说自己名叫"桑德龙"（也就是"灰姑娘"的意思）。在舞会上，菲奈特迷人的面容、优雅的舞姿赢得了在场所有人（包括没认出她是谁的那两个姐姐）的倾慕。赶在舞会结束前，菲奈特急忙跑回家去，换回了破烂的衣服。

菲奈特·桑德龙

两个姐姐一回到家就大声说:"今天的舞会是最开心的一次。有位特别漂亮的公主出席现场,还优雅地与我们交谈。"

菲奈特什么也没说。第二天晚上,她穿上另一条精致的裙子,又一次去了舞会。菲奈特找到的这个箱子是被施了魔法的箱子,拿出去的服饰越多,里面剩的服饰就越多。就这样,菲奈特每天穿着不同的礼服去参加舞会。

一天晚上,菲奈特比平时晚了一些离开舞会。她焦急地往回赶,想赶在姐姐们之前到家。由于走得过快,她弄丢了一只镶着珍珠的红丝绒刺绣鞋子。第二天,国王的大儿子切里王子外出打猎时发现了这只鞋。他捡起鞋子,亲吻了它,并发誓一定要娶这只鞋的主人做自己的妻子。国王听闻此事后非常吃惊,但为了不让儿子失望,他下旨让王国里所有女士前往王宫试穿这只鞋,并公告说,能穿上这只鞋的人将成为王子的新娘。然而人们不知道的是,这是一只仙女鞋,只有它真正的主人才能穿得上。女人们成群结队地来到王宫,都想要试试运气。

一天,芙勒·德·艾慕和贝尔·德·努侬盛装打扮,准备去王宫试穿王子找到的鞋子。她们让菲奈特留下看家。她们离开后,菲奈特穿上一件镶有星形钻石的白缎子礼服。但她不知道如何前往王宫所在的市镇，因此很为难。然而，她刚走到门口，就看见了那匹载她去教母家的骏马。她骑上马，骏马便疾驰而行，一路上响彻马鞍金色铃铛发出的声响。与此同时，两个恶毒姐姐正走在泥泞的小路上。她们听到铃声后四处张望。令她们吃惊的是，她们看到一位美丽的小姐，长得既像菲奈特又像桑德龙公主。她们大声叫喊，但菲奈特骑着马从她们身边奔驰而去，她们的礼服和脸上被马蹄溅满了泥巴。

芙勒·德·艾慕和贝尔·德·努依既生气又沮丧地继续赶路。当她们到达王宫时，正巧看到她们的妹妹菲奈特穿上了那只王子找到的鞋。同时，菲奈特还拿出带着的另外一只，穿了进去。

国王和王后恳请菲奈特立刻同意嫁给王子。但菲奈特说："不，我必须先告诉你们我的故事。"当听说菲奈特是位公主时，国王和王后喜出望外。接着，菲奈特发现，原来他们正是征服了自己祖国的君主。菲奈特宣称，只有归还她父王的财产，她才会同意嫁给王子。对方爽快地同意了她的要求。

随后，菲奈特看到了自己的姐姐们。她并没有给予她们应有的惩罚，反而亲吻了她们。菲奈特对王后说："夫人，这两个人是我挚爱的姐姐。我请求您也能爱护她们。"王后答应将两个姐姐送回祖国，王子会让她们一家人重归于好。听到这些话，两个姐姐跪在心地

菲奈特·桑德龙

善良的妹妹面前,乞求她的原谅。

之后,菲奈特给她的教母写了一封信,让英勇的骏马将信和丰厚的礼物带给教母。梅赫露诗仙女收到信后立刻去了菲奈特父母那里,告诉他们菲奈特的幸事,并告诉他们多亏了菲奈特,他们可以回归并重新拥有自己的王国。就这样,被赶出来的国王和王后,连同大女儿和二女儿,高兴地回到了自己的王国。不久后,这两位公主也都嫁给了富有的贵族。

善良的小老鼠

很久很久以前,有一对幸福恩爱的国王和王后。国家的子民以他们为榜样,每天也过得非常快乐。如果我告诉你这个国家的名字是"欢乐王国",相信你一定不会觉得惊讶。

这位名叫"欢乐"的国王有位与他性情截然相反的邻居。这位邻国国王非常恶毒,异常残忍,喜欢监禁和拷打子民。他统治的国家名叫"眼泪王国",他的子民对他又恨又怕。这位邻国国王的妻子已经去世,留下一个儿子。这位王子和他父亲一样,面目可憎。

这位名叫"铁石心肠"的邪恶国王听说了欢乐国王的事迹后心生嫉妒,他决定组建一支强军侵略邻国,召集了自己国家所有强壮的男人并制造了大炮。一切准备就绪后,他率兵侵入了欢乐王国。善良

善良的小老鼠

的欢乐国王只有一支小型军队，武器也很少，但他召集了子民，勇敢地面对敌人。王后恳求国王和自己一起逃到国家的另一端，但国王回答说："尽管我十分爱你，但我宁愿死也不愿做懦夫。"温柔地告别王后，欢乐国王骑着马走了。

看到国王走远，可怜的年轻王后开始一边哭泣一边说道："如果我的丈夫被杀，我将成为一个寡妇、一个囚徒。残忍的敌人会用尽一切手段伤害我。如果我有孩子，他可能也会伤害我的孩子。"

此后，王后每天寝食难安，整日坐在窗边焦虑地等待消息。一天早上，她看到一名信使骑着马飞奔过来。"快点儿，快点儿，快告诉我是什么消息！"她喊道。

"唉，夫人，"信使回答道，"我们打了败仗，国王被杀了，敌人正朝我们而来。"

听到这些残酷的消息，王后晕倒在地。她被侍者抬进房间，躺在床上休息。侍者们哀伤地围在王后周围，这真是一幅可怜景象。

突然，他们听到了士兵的脚步声，铁石心肠国王和他的士兵闯进了王宫。无情的邻国国王径直走进王后的房间，质问她丈夫的王冠和财宝藏在哪里，但王后不肯回答。王后的举动惹怒了这位野蛮的征服者，他抓起王后秀美的长发，在手臂上缠了三圈，用肩膀扛起王后，把她扔上自己的黑色骏马，带回了自己的王国。

随后铁石心肠国王突然想到，如果王后能生下一个女儿，等这个女孩长大后，就可以把她许配给自己的儿子。他派人请来了一位熟识的仙女，比平时招待客人更热情地接待了仙女，随后把仙女带到了关押王后的塔楼。被俘虏的王后正躺在一张硬床垫上，床垫下面是冰冷的石板。

仙女被眼前的场景触动了，她在王后耳边小声说道："夫人，你要勇敢。你的悲伤不会持续太久，我愿意为你效劳。"还没等王后回应，铁石心肠国王凶狠地打断仙女说："不要和她说太多话，我带你来是想让你告诉我，这个俘虏未来会不会有孩子。如果有，是男孩还是女孩？"

"是个女孩，"仙女回答，"而且这个女孩将集美貌与智慧于一身。"

残忍的国王说道："如果生下来的女孩不像你说的这样，我就把她们母女杀掉，没人能阻止得了我。"

说完这些威胁的话语，国王便带着仙女离开了。

"唉，"这位可怜的囚犯含着泪说，"我能做什么呢，如果我生下一个漂亮的小女孩，那么她将嫁给那个可恨的王子。但如果她生得丑

善良的小老鼠

陋,我们俩都活不下去。我的命真苦!"

时光流逝,王后越发焦虑。更不幸的是,监狱看守每天只给她三粒水煮豌豆和一小片黑面包,所以她变得非常消瘦。

一天晚上,当她做着苦工,为铁石心肠国王纺纱时,她看到一只小老鼠从火炉的一个洞口钻了出来。

"快逃走吧,小家伙,"王后喊道,"我只有三粒豌豆,没有能分给你的食物。"但这只可爱的小老鼠到处乱跑,看起来非常有趣,也很友好。王后把剩下的最后一粒豌豆给了小老鼠。就在这时,她看到桌子上有一盘美味的山鹑,她高兴地把它吃掉了。

第二天一早,看守为了嘲笑王后,特意在一个大盘子上放了三

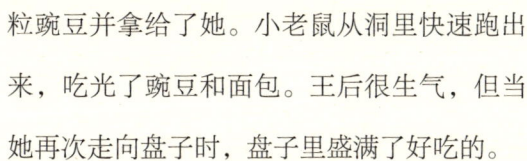

粒豌豆并拿给了她。小老鼠从洞里快速跑出来,吃光了豌豆和面包。王后很生气,但当她再次走向盘子时,盘子里盛满了好吃的。

王后一边吃一边想:"如果我有了孩子,真的没有办法保护她吗?"她环顾四周,看

到小老鼠拖了一些长稻草。她捡起稻草，说道："如果我能找到足够多的稻草，就可以编一个篮子。我可以把孩子放进去，从窗户送给第一个经过的好心人，让他照顾我的孩子。"说罢，她立刻着手编织篮子。

有一天，正当王后望向窗外时，一位身材矮小的老婆婆冲她说道："美丽的王后，我知道你的烦恼，如果你愿意，我可以帮助你。"

"真的吗？"王后说，"如果你每天晚上都能来这里，就可以帮我一个很大的忙。如果我生下孩子，她将身处危险之中。我会把她放下来给你。如果你愿意把她带走，并能好好照顾她，一旦我重获财富，定会好好报答你。"

"我不喜欢钱，"老婆婆回答说，"但我喜欢美食。我最喜欢吃的就是肉质丰满的小老鼠。如果你发现这样的小老鼠，把它拿给我，我就会好好照顾你的孩子。"

听罢，王后开始哭泣。她说："我的房间只进过一只老鼠，但它特别漂亮可爱，我不能杀掉它。"老婆婆对王后的回答似乎很生气，嘴里咕哝着走开了。

尽管王后看到豌豆不见了，取而代之的是一顿美餐，还有小老

鼠在她身边跳来跳去，但她整晚都只是坐着哀叹。那天深夜，小公主出生了。可爱的小公主对母亲笑着伸出了自己的小手。王后把小公主放进篮子里，在她衣服上系了一个标签，上面写着：这个不幸的小女孩名叫乔丽艾特。随后王后吻了吻小公主，又为她难过起来，不知道自己接下来应该怎么做。就在这时，那只小老鼠出现了。

"啊，小家伙，"王后叫道，"为了救你，我付出的代价太大了。其他人都会选择把你杀掉，交给那位贪婪的老婆婆。"

"不要后悔你所做的一切。"小老鼠回应说。听到小老鼠讲话，王后被吓了一跳。还没等她心情平复，小老鼠又变成了仙女，就是那个预言她的孩子会是个女孩的仙女。

"我想试探你一下，"仙女说道，"当我是只小老鼠的时候，你也喜欢我，这证明了你不是一个自私的人。后来我给了你一个更大的考验，那天站在窗边向你要老鼠吃的也是我。即便在那种情况下，你对我依然直言不讳。"

随后，仙女亲吻了小公主三次，并说道："你将成为你母亲的慰藉，你将活到百岁，你不会变老也不会长皱纹，你将永远漂亮。"

王后谢过仙女，并恳求仙女照顾自己的孩子。仙女欣然答应了她的请求，将装着小公主的篮子用绳子从窗户放了下去。一瞬间，仙

善良的小老鼠

女把自己变回老鼠。当她沿着绳子下去时,却发现孩子不见了。仙女沮丧地跑回王后身边说:"孩子和篮子都不见了。我的敌人,残忍的坎卡莱娜仙女把小公主带走了。坎卡莱娜仙女比我年长,比我法力强,我不知道怎样才能从她的手中救出乔丽艾特。"

正当仙女和王后抒发悲痛时,铁石心肠国王前来想要夺走小公主。王后告诉他,一个仙女把小公主抢走了。国王生气地尖叫道:"那我要把你杀掉!"他把可怜的王后从塔楼里拽进附近的树林中。正当他要杀了王后时,善良的仙女用力将国王推到了一边。国王摔倒在地,门牙全都磕掉了。随后,仙女将王后带回了自己的住处。在那里,仙女化身的小老鼠以最大的好意接待了王后,并竭尽所能去寻找小公主。然而,想查明坎卡莱娜仙女把小公主藏到了哪里几乎是不可能的。

时间流逝,岁月减轻了王后的巨大伤痛。十五年过去了,有传闻说铁石心肠国王的儿子要娶自己的火鸡饲养员,但女孩却不愿意。一个火鸡饲养员竟会拒绝这等好事,这让仙女觉得十分意外。她再次变成老鼠,打算亲自去看看这个女孩。她看到女孩穿着粗亚麻,光着脚,头上系了一块方巾。地上摆放着漂亮的衣服和华丽的珠宝,但女孩碰都不碰。国王的那个丑陋、畸形还跛脚的儿子正在哀求她嫁给

善良的小老鼠

自己。

女孩骄傲地说:"我不会嫁给你,你和你的父亲一样可怕残忍。请你让我和我的火鸡安静地待着,我的火鸡比你给我的任何东西都要好。"

王子走后,仙女把自己变成一位农家老妇人。她对女孩说:"亲爱的,你好。你的火鸡养得真好!"

年轻女孩露出甜甜的笑容回答道:"有人让我为了一顶毫无价值的皇冠而离开这些火鸡,您能给我些建议吗?"

"皇冠是个好物件,"仙女说,"你不知道它的价值。"

女孩回答道:"不,我知道皇冠的价值,但我依旧拒绝。我不知道我是谁,也不知道我的父母都在哪里。我没有亲人也没有朋友。"

聪明的仙女说:"我的孩子,你拥有美丽和善良,这些品质比拥有十座王国都好。但请你告诉我,既然你没有亲人也没有朋友,是谁把你带到这里来的?"

"是因为一位名叫坎卡莱娜的仙女我才来到这里的。这位仙女过去常常打我、虐待我,所以我逃了出来,跑进了一片树林里。在那里,邪恶的王子遇到了我并让我照料他的火鸡。他经常来看火鸡,现在他又不顾我的意愿,疯狂地爱上了我,说什么都要和我在一起。"

听到这些,仙女急切地询问了女孩的名字。女孩答道:"我叫乔丽艾特。"于是仙女认出了她就是那位失踪的公主。仙女吻了吻公主,亲切地说:"乔丽艾特,很久以前我就认识你了。看到你现在这

善良的小老鼠

么善良、体贴，我很高兴。但我希望你能更整洁干净一点儿，选一些漂亮的衣服穿上吧。"

乔丽艾特顺从地脱掉了自己的破衣服，又在小溪中洗了澡，最后换上了一条精美的裙子。她拿掉头上的方巾，将一头长发垂了下来。她的长发像阳光般耀眼，如金线般美丽。

仙女匆匆返回家告诉了王后这个好消息，她们决定第二天去找乔丽艾特。不过，同一时间，铁石心肠国王因为养火鸡的女孩拒绝了自己的儿子而非常生气。他把女孩关进了漆黑一片的地牢里，直到女孩同意嫁给那个令人厌恶的王子才会放她出来。

不久，善良的仙女和王后乘着魔法马车到达了。当她们听说发生在乔丽艾特身上的新的苦难后，王后又陷入了忧虑之中。仙女叮嘱王后不要绝望。那天晚上，仙女化身为小老鼠，藏在了国王的枕头下面，咬伤了国王的脸。在国王寻找她时，她又咬伤了王子的脸。国王和王子两个人提着剑冲出各自的房间，在疼痛、愤怒以及一片漆黑中，两人打斗起来，杀死了对方。

随后仙女找到王后，两人急忙跑去关押着乔丽艾特的监狱。最后，当王后找到活得好好的女儿时，十分高兴。善良的仙女小老鼠与王后共享了这份喜悦。

善良的小老鼠

后来,仙女把王后和公主领到了死掉的铁石心肠国王的城堡大殿上,对邪恶国王的子民们说,她希望让欢乐国王的女儿成为他们的王后。在她的统治下,这个国家定将成为最幸福快乐的王国。

"同意,同意,她将成为我们的女王!"所有人都高兴地欢呼起来。在听到仙女说"我将教导乔丽艾特怎样把这座眼泪王国变成第二个欢乐王国"后,子民们欣喜若狂。

蓝 鸟

　　一位富有且强大的国王失去了妻子,打那之后他一直不肯接受别人的安慰。他把自己关在一间小屋子里,不停用脑袋撞墙来抒发悲伤。侍臣们害怕国王自杀,于是把每一面墙都装上床垫,这样国王便不会受伤了。之后侍臣们又对外宣称任何想拜访国王的人都可前来安慰他。然而,无论是严肃的话题还是有趣的言语,都未能让国王留下印象。实际上,国王并没有去听这些人说了什么。

　　后来有一位从头到脚裹着黑色丧服,哭得异常伤心的女人引起了国王的注意。女人对国王说,她并不是前来安慰他的,而是来增加他的痛苦的,因为她自己最近也失去了全世界最好的丈夫。她说着又哭了起来,国王也开始和她一起落泪。国王向女人说起自己挚爱的妻

子，女人也对国王讲述自己的丈夫，两人说个不停，暂时忘记了各自的悲伤。随后，这位狡猾的寡妇掀起面纱，露出了自己蓝色的大眼睛、长长的睫毛和红润的脸庞。渐渐地，国王越来越少谈论去世的妻子，越来越热切地盯着眼前的女人。那位寡妇仍在诉说，她要一直哀悼自己的丈夫，但国王恳求她不要永远悲伤下去。最后，国王对这位寡妇大献殷勤，并娶了她。国王的举动令所有人大吃一惊。

国王有一个女儿，因美丽如花之女神芙罗拉，因此得名芙罗琳。国王再婚时，芙罗琳大约十五岁。新王后也有一个女儿，由教母苏西奥仙女养大。这位公主因脸上长满了红色斑点，看着像红点鲑鱼的背部，所以取名叫作土缇娜。尽管教母为她做了很多，但土缇娜依旧很丑，脾气也很暴躁。王后每次比较起两个女孩都会对自己的女儿感到失望。王后竭尽所能让芙罗琳的生活充满不快，并总和土缇娜一起在国王面前讲芙罗琳坏话。

一天，国王对王后说，女儿们都已到了适嫁年龄，他打算把其中一个许配给第一个来拜访自己的王子。

王后说道："我觉得，我的女儿比你的女儿年纪大，应该先出嫁。而且她为人更亲切和蔼，所以应该让她先选。"国王不希望因此事引起争端，他告诉王后可以随她的心意决定。

蓝 鸟

过了一阵子，信使通报说查明国王将前来拜访。这位国王人如其名，充满魅力。王后立马请来女帽匠、裁缝和珠宝商为土缇娜从头到脚进行装扮。但她不给芙罗琳做新衣服，还贿赂了芙罗琳的女仆，把她所有的礼服和珠宝都拿走了。如此一来，这位可怜的公主只能穿破旧的衣服，连条丝带都没有。芙罗琳为自己的装扮感到难为情，所以当查明国王到来时，为了不让查明国王看到自己，她躲到了宫殿的角落里。

王后极为热情地接待了这位年轻的国王，他被带到了土缇娜的面前。土缇娜虽然戴着珠宝，但看起来还是很丑，毫无吸引力，连为人礼貌的查明国王都不直视她。查明国王询问是否还有一位名为芙罗琳的公主。侍臣们指了指芙罗琳躲藏的角落，芙罗琳红着脸走向了查明国王。尽管芙罗琳穿着破旧，但她十分可爱，查明国王热切地和她聊了三个小时。

王后立刻找到她的丈夫，说服他同意在查明国王拜访期间，把芙罗琳关在塔里。于是芙罗琳很快被关了起来。

此时，年轻的国王焦急地等着再见公主一面，但芙罗琳却没再露面。王后下令，要求宫里所有人说尽芙罗琳的坏话，但对这些话，查明国王一个字都不信。

被关进塔里的芙罗琳十分痛苦,她哀叹道:"要是我不曾见过那位对我十分友善的国王,即便他们把我关在此处,我大概也不会如此难过。继母如此苛刻地对待我,就是为了阻止我和他再相见。"

为了帮自己女儿赢得查明国王,王后送了他大量的礼物。其中有一份礼物是一个心形饰品,主体由一整块红宝石制成,上面穿有一支钻石做成的箭,链子是巨大的珍珠串成的。侍臣们告诉查明国王这份礼物是他近期见过的那位公主送的,这位公主恳请他做她的骑士。然而,当查明国王得知侍臣们提及的公主是土缇娜后,他拒绝接受这些礼物,把它们都还了回去。他始终未能再见到芙罗琳,最后他不得不冒险去询问王后,那位年龄较小的公主发生了什么事情。王后生气地回答说:"我们的国王,也就是她的父亲,禁止她离开自己的房间,直到我的女儿出嫁为止!"

"但有什么理由把这位淑女像囚犯一样关起来呢?"

王后拒绝回答年轻国王的提问。于是查明国王派出他的亲信去打听那位被关起来的公主的消息。这位侍从成功地接近了一名侍女,并让侍女成功劝说芙罗琳在当晚透过能够俯瞰花园的塔楼窗户和查明国王谈话。然而那位不忠的侍女把这个计划泄露给了王后。王后把芙罗琳锁在另一个房间里,并让自己的女儿代替她守在窗边。

在黑夜的遮掩下,查明国王没能看清等他的并不是自己心仪的小公主,他对着土缇娜表白了原本想对芙罗琳表达的赞美。他从手上取下一枚戒指戴在了公主的手上,并向她许诺次日会带她逃走。查明国王虽然注意到公主很少说话,声音也不像之前那么好听,但他认为公主是害怕被王后发现才这样。因此,他在没有意识到这是个骗局的情况下离开了。

第二天晚上,土缇娜蒙着面从一个小小的暗门悄悄溜了出去。她直奔查明国王,对方坐在一辆战车中等她。这辆战车是查明国王的一个巫师朋友送给他的,由带翅膀的青蛙拉动。魔法战车向上飞起,很快离开了这个王国。随后,查明国王提议说他们应该回到地面举行婚礼。公主欣然同意,但她想在仙女教母那里举办婚礼。

蓝 鸟

带翅膀的青蛙拉着战车飞到了苏西奥的城堡,土缇娜立刻跑到仙女那里,悄悄地告诉她发生的一切,并请求她的帮助。

教母答道:"你总让我帮你解决这些麻烦事。他爱上的是芙罗琳,我担心你眼下就要失望了。"

与此同时,查明国王在大厅里等候着。透过仙女家的透明砖石墙壁,他清楚地看到正在交谈的苏西奥和土缇娜。他大喊道:"我亲爱的芙罗琳去哪儿了?"苏西奥和土缇娜来到他面前,苏西奥用命令的口气说:"查明国王,你已经对土缇娜公主发过誓言,你必须立刻娶她!"

"我并未对她许下过任何诺言。"国王说。

"什么!"土缇娜说,"难道你没有把这枚戒指戴在我的手指上吗?难道你没有催着我和你远走高飞吗?"

国王喊道:"我被骗了。带翅膀的青蛙们,我要马上离开这里,快点!"

"休想!"仙女一边大叫一边用魔杖碰了国王一下。国王的脚立刻紧粘在地板上,像被钉子钉在上面一样。

国王充满傲气地说:"即便你使出最卑劣的招数,我也只会娶芙罗琳。"

苏西奥试遍了所有方法，用尽了一切法力去说服查明国王改变心意。土缇娜也哭泣着恳求他，但查明国王毫不为其所动。这样一直持续了二十天，直到她们疲惫不堪。最终，苏西奥对国王说："你只有两个选择，要么用七年的时间赎罪，要么娶我的教女！"

"我的选择是，"国王说，"不娶土缇娜。"

"那么未来七年你将变成一只蓝鸟！"愤怒的仙女大声叫道。仙女话音刚落，国王身上立刻出现了一些令人惊奇的变化：他的胳膊被羽毛覆盖，变成了翅膀；他的腿和脚变成了黑色，并不断收缩，还长出了钩状的爪子；他的身体变成了鸟的身体；头上的王冠变成了白色的羽毛。他既能鸣叫也能说话，在发出一声悲鸣后，他迅速飞离了苏西奥那座可怕的宫殿。

仙女将失望的土缇娜送回她母后那里。王后气急败坏，她生气地叫道："芙罗琳会后悔让查明国王爱上自己的。"她让土缇娜盛装打扮，头戴皇冠，手戴查明国王的戒指，然后两人一起前往关着芙罗琳的高塔。王后对芙罗琳说："芙罗琳，你姐姐来是要告诉你，她和查明国王结婚了，查明国王爱她爱得神魂颠倒。"

芙罗琳晕倒在地。王后立刻跑到国王面前，故意告状说芙罗琳马上要精神失常了，必须要密切监视她、看守她，决不能让她离开高

塔半步。国王对王后说她可以按照自己的喜好去处理，她做什么他都满意。

第二天晚上，芙罗琳打开窗子，坐着哭到天亮。那只蓝鸟猜到自己亲爱的公主一定像犯人一样被关了起来，于是便绕着宫殿不停地飞，但他因为怕被土缇娜认出，所以只敢在晚上这样做。一个月圆之夜，他看到一位少女坐在塔窗旁哭泣，他知道这便是自己一直在寻找的心上人。

"可爱的芙罗琳，"他叫道，"你的不幸是可以解除的。"

芙罗琳问道："是谁在安慰我？"

"一位不快乐的国王，一位爱着你的国王，一位只爱你的国王。"蓝鸟一边说着一边飞到她的窗台上。听到鸟开口说人话，芙罗琳最初感到很害怕，但不一会儿，她就开始疼爱地抚摸他了。

"迷人的小鸟，你是谁？"她问道。

国王回答说："你叫了我的名字却假装不认识我。我宁愿变成这个样子也不愿放弃对你的爱。"

"啊，不要骗我了，"芙罗琳说，"你已经娶了土缇娜。她跑过来奚落我，穿着皇室长袍，戴着金冠，手指上还戴着你的戒指。"

"这些都是假的。"鸟儿打断芙罗琳，并告诉了她事情的来龙去

蓝 鸟

脉。查明国王的忠诚令眼前这位公主开心不已,她甚至忘记了自己在监狱中所受的痛苦。天渐渐亮了,蓝鸟和芙罗琳不得不分开,但他们向对方许诺,以后每晚都要像今天这样见面。

第二天,蓝鸟飞回自己的王国,飞到王宫,叼回了一对美丽的手镯,每只手镯都是用一块完整的绿宝石雕刻而成的。之后的每天晚上,他都会给公主带回一些精美的珠宝或者其他昂贵的礼物。因为没有地方放置这些礼物,公主只能把它们藏在床垫里。白天,蓝鸟藏在一个树洞里,靠吃水果为生。因为他唱歌十分动听,有时路人会觉得是精灵而不是鸟儿在唱歌,于是就有谣言称森林闹鬼。人们不愿意走进那片森林,所以蓝鸟在森林里安全地生活了两年。两年来,这对恋人对他们的这种相处状态从未有过抱怨。尽管公主每日相会的并不是人,蓝鸟也每日生活在树洞之中,但他们之间却有说不完的话,芙罗琳也会用收到的珠宝打扮自己来取悦恋人。

另一边,邪恶的王后始终没能把土缇娜嫁出去,根本没人想娶她。所有王子都说:"如果是芙罗琳的话,我们乐意至极。"

土缇娜和王后十分生气,她们决定变本加厉地惩罚那位无辜的公主。一天,土缇娜和王后商议如何惩罚芙罗琳,商量到了深夜,随后两人去了高塔。王后怒气冲冲地进门时,精心打扮、佩戴了珠宝的芙罗琳正坐在窗边和蓝鸟一起唱着歌。芙罗琳急忙打开窗户,让蓝鸟飞。但蓝鸟没有能力保护公主,他也不想离开她。

佩戴珠宝的芙罗琳美貌异常,土缇娜和王后看得目瞪口呆。

"这些饰品都是从哪里来的?"她们问道。

"我在这个地方找到的,"芙罗琳回答说,"别的事我不清楚。"

"这些是你收取的贿赂吧,为了出卖你的父亲和他的王国。"

"也许吧,"公主轻蔑地说,"你把我像犯人一样关在这里两年了。"

王后接着问道:"你穿着如此华丽,还戴着珠宝,是要给谁看?"

"我手头有大把的时间,"公主说,"我花时间打扮很正常,难道我要整天哀叹自己悲惨的命运吗?"

王后对这些回答并不满意。她开始搜查这间屋子,很快发现床垫里藏有各种各样的珍贵宝石。就在那时,蓝鸟大喊:"留心你的敌人,芙罗琳!"这叫喊声把王后吓得跑开了,她并没有注意到在壁炉架上有只鸟,以为是有精灵在暗中保护芙罗琳。王后不敢再去骚扰自己的养女,但打算挖出芙罗琳的小秘密。于是她在塔里安插了一个侍女,整天监视公主,就连晚上也睡在公主的房间。可怜的芙罗琳不敢

蓝 鸟

开窗,哪怕是每晚都能听到蓝鸟在窗口扇动翅膀。

整整一个月过去了,一天晚上,整天监视芙罗琳的侍女累得沉沉地睡过去了。芙罗琳打开窗户,清脆地唱道:

"挥动蓝翅膀的鸟儿,

我在此处等你飞来。"

蓝鸟飞到窗边。这对恋人很高兴能够重聚,再次陪伴在彼此身旁。他们一直聊到黎明破晓,次日夜里仍是如此。但第三天夜里,监视公主的侍女醒了过来。她惊讶地看着公主坐在开着的窗户旁边,一只漂亮的蓝鸟在公主耳边私语,并用他的喙轻抚着公主。侍女一动不动地躺着装睡。第二天早上,她急忙跑去向王后汇报自己看到的一切。王后和土缇娜猜想那只鸟一定就是查明国王。她们让侍女回到塔中,并密谋了一个残忍的计划。

第二天晚上,可怜的芙罗琳再次打开窗户唱道:

"挥动蓝翅膀的鸟儿,

我在此处等你飞来。"

但她空等了一个晚上。因为恶毒的王后在树洞中绑了许多锋利的刀片,蓝鸟飞进去的时候被割伤了双脚和翅膀。他摔到地上,伤势严重,动弹不得。

幸运的是，查明国王的那位巫师朋友看到战车返回时空无一人，于是担心地各处寻找国王的踪迹。正巧此时他来到了蓝鸟藏身的森林。巫师吹着响亮的号角，喊道："查明国王，你在哪儿？"国王听出这是自己好朋友的声音，于是虚弱地回应道："快来救我——我现在是一只蓝鸟。"

巫师开始四处搜寻，最终找到了可怜的蓝鸟。他把蓝鸟救出来，治愈了蓝鸟的伤口。然后，查明国王向他讲述了发生的事情。国王和巫师都伤心地认为，是芙罗琳背叛了自己的爱人。国王说："现在我能做的就是让你把我关在笼子里，这样才能保证我未来五年性命无忧。"

"但是，"巫师说，"在那期间，认为你已经死掉的敌人们会侵占你的王国。"

"难道我回去后不能像从前一样治理国家吗？"国王问。

"恐怕不行，"国王的朋友忧伤地回答，"你的子民不会服从一只鸟的统治，但我会尽量找到解决办法。"

此时，芙罗琳由于等不到恋人的到来，病得很严重。她昼夜不停地唱着：

"挥动蓝翅膀的鸟儿，

蓝 鸟

我在此处等你飞来。"

但没人在意她的举动。

终于,芙罗琳的命运发生了转折。一国之君——她的父王生病去世了。讨厌恶毒王后和土缇娜的人群冲进王宫,他们要求让芙罗琳公主成为国家的统治者。愤怒的示威者抓住王后,并准备将她处死,土缇娜逃到了教母苏西奥仙女那里。

芙罗琳公主被人从塔中救了出来,并在王宫被加冕为女王。

芙罗琳的身体得到了精细的治疗和照顾,也因她自己急于再次见到亲爱的蓝鸟,于是很快就痊愈了。芙罗琳在任命议会替自己管理王国后,便带着一些珠宝在夜里独自悄悄出发了。没人知道她要去哪里。

查明国王的巫师朋友去了比自己法力高强的苏西奥仙女那里,试图和她进行一场谈判。但苏西奥仙女坚持说，除非查明国王迎娶土缇娜，否则她什么都不会答应。巫师也被土缇娜公主的丑陋样貌吓了一跳，但考虑到蓝鸟经历了那么多苦难，现在他的王国还指定了继承人，查明国王可能随时失去自己的王国，于是巫师与苏西奥仙女达成协议：查明国王可以恢复原状六个月，但在此期间土缇娜要待在他的王宫，这样他可能会改变心意，接受土缇娜。如果六个月后他还是拒绝，那么他会再次变成一只鸟。

查明国王变回了人形，回到了自己的王国。但是他根本无法专心管理国家政务，而是苦于计划如何避免和土缇娜结婚。在这期间，芙罗琳女王将自己打扮成一个贫穷的乡下女孩。她头戴廉价的草帽，头发乱成一团遮挡面容，肩上扛了一个麻袋，继续着辛苦疲惫的旅行。她时而走路，时而骑马，在陆地上、大海中茫然地寻找自己亲爱的查明国王。

一天，当她正坐在小溪旁用凉爽的溪水泡脚时，一个挂着拐杖的小老婆婆走过来对她说："美丽的少女，你一个人在这里做什么呢？"

女王回答说："夫人你好。我并不是独身一人，我的烦恼都在陪伴我。"她说着说着，眼中充满了泪水。

蓝 鸟

老婆婆说:"把你的烦恼告诉我吧,让我来安慰你。"

芙罗琳照做了,把自己的烦恼告诉了老婆婆,对方听得很入神。突然老婆婆变成了一位漂亮的仙女,并说道:"亲爱的芙罗琳,你所寻找的国王已经不再是只鸟儿了。我的妹妹苏西奥将他恢复了人形,他此刻身在自己的王国。不要失去信心,你会活得很幸福。这里有四只蛋,每当你急需帮助时,就打破一只。"

说罢,仙女便消失了。得到了巨大安慰的芙罗琳把四只蛋放进麻袋中,朝着查明国王的王宫出发了。芙罗琳走了八天八夜,来到了一座山下。这座山由象牙堆砌而成,异常陡峭,没人能成功翻越。芙罗琳试了几次都不行。突然,她想到了仙女的礼物。她拿出来一只蛋,打碎后发现里面有一些金制的钩子。她把钩子缠在自己的手上和脚上。有了钩子的帮助,她轻松地翻越了这座象牙山。当她从山的另一侧下来后,她又遇到了新的难题:脚下的山谷是一块巨大的玻璃。

芙罗琳知道走在玻璃上面是极为危险的,但一时间想不到解决办法。于是她又打破一只蛋,从蛋里飞出了两只鸽子,拉着一辆马车。马车慢慢变大,大到足够芙罗琳乘坐。随后鸽子们拉着马车徐缓地飞过了山谷。芙罗琳对鸽子们说:"小伙伴们,你们现在能带我去查明国王的王宫吗？"鸽子们日夜飞行，最终抵达了城门入口。芙罗琳女王在那里吻别了鸽子们。

当芙罗琳女王走入查明国王的国度时，她的心脏怦怦直跳。她用土把脸涂黑，以免被人认出。她询问路人在哪里能见到国王。路人回答道："国王明天会和土缇娜公主一起去神殿，最终他还是同意娶她了。"

当晚，可怜的芙罗琳找了个简陋的地方借住。第二天一早，她便出发去了神殿。在那里，她看到两个王座：一个是查明国王的，另一个属于已被视为王后的土缇娜。两人也到达了神庙，查明国王看起来更英俊，土缇娜看起来比以往更丑陋。芙罗琳从侍从们中间向前挤去。土缇娜看到她时皱起眉头说："你算什么东西，竟敢靠近我的黄金宝座！"

芙罗琳说："我是一个乡下女孩。我远道而来是想卖给你一些稀世宝贝。"她一边说着，一边从麻袋中取出查明国王送的绿宝石手镯。"的确很漂亮。"土缇娜说，她把手镯展示给查明国王，询问他的意见。

查明国王脸色惨白，犹豫地回答道："我想这对手镯的价值抵得过我的王国，应该是世上独一无二的！"

蓝 鸟

"那我要买下它们。"土缇娜说。她转向芙罗琳,问这对手镯多少钱。

芙罗琳回答说:"夫人,我不要钱。如果你允许我在宫中的回音阁住上一晚,我将把它们送给你。"

"那好吧。"土缇娜回答。她露齿大笑的样子活像长着獠牙的野猪。

当初查明国王还是蓝鸟的时候,曾告诉过芙罗琳回音阁的奇妙之处。那便是,国王可以在自己房间听到别人在回音阁里说的每一句话。如此一来,选择回音阁便是芙罗琳责备国王抛弃自己的最佳方式。然而,这位可怜的女孩白白哭了一整晚。因为查明国王为了忘却悲伤,在睡前喝了安眠药水,所以他什么都没听见。

芙罗琳十分困惑。她心中嘀咕:"如果国王听到了我的诉说,那就说明他已不再爱我。如果他没听到我说话,那我怎么才能让他听到呢?"

芙罗琳决心再试一次。苦于没有稀世珠宝再去诱惑土缇娜,她便打碎了第三只蛋。从蛋里跑出了一辆钢制的小马车,拉车的是六只绿色的小老鼠,车夫是一只粉色的大老鼠,侍从是一只紫色的大老鼠,马车里坐着四个会变魔术的小木偶。

芙罗琳女王对这个漂亮的小玩具很是喜欢，她来到皇室花园等待土缇娜的到来。在土缇娜面前，芙罗琳让老鼠们快跑，让木偶们鞠躬。土缇娜十分惊喜，她打算不计代价地获得这个新奇物件。芙罗琳拒绝了对方的黄金，只说希望能够在回音阁再住一晚。土缇娜同意了，但这一次芙罗琳也是白费了力气，因为国王又服用了安眠药水，沉沉地睡了一整晚，芙罗琳的责备和哭泣也未能让他醒来。

芙罗琳打破了最后一只蛋，里面出现了六只鸟儿做成的馅饼。这只馅饼虽然已经是烤熟的，但六只鸟儿依旧能够唱出甜美的歌声并占卜未来的命运。芙罗琳匆忙地拿着这个神奇玩具跑到土缇娜的前厅。在她等待土缇娜的时候，国王的贴身仆人走过来对她说："小姑娘，如果国王睡前没有服用安眠药水，那你整夜的喋喋不休肯定会打扰到他休息。"

芙罗琳终于明白了是怎么回事。她从麻袋里掏出一把珠宝，对国王的贴身仆人说道："如果你保证今晚不给国王服用安眠药水，这些珍珠钻石就都是你的了。"仆人对她许下了承诺。不一会儿，土缇娜从房间走了出来，立马被眼前神奇的馅饼吸引。她问芙罗琳："这次你想换什么？"

蓝 鸟

芙罗琳回答道:"和之前一样,让我在回音阁住一晚。"被眼前神奇馅饼迷住的土缇娜毫不犹豫地答应了,此外,她还赏了芙罗琳一小块黄金。

当王宫里的人们进入梦乡的时候,芙罗琳怀抱着查明国王能听到自己说话的期许,最后一次呼唤他,质问他为何忘了自己,为何要娶土缇娜。这一次,国王听到了哭声,便询问是谁住在回音阁。贴身仆人回答说是卖土缇娜绿宝石手镯的乡下女孩。查明国王大为震惊,他快速起床,穿好衣服,沿着秘密楼梯走进了回音阁。他认出了芙罗琳,扑倒在她的脚下。他们相互倾诉发生的一切,他们相互道明是如何被分开的,他们相互重申对彼此的爱的誓言。

但两人通往婚姻殿堂的道路并不平坦,他们不知道怎么对付那位固执的苏西奥仙女。好在国王的巫师好友及时出现,一起前来的还有赠予芙罗琳四只魔蛋的仙女。两人联合起来的法力要强过苏西奥。他们也宣称,这对恋人不应再遭受折磨,而是应该马上结婚。苏西奥仙女此时也不敢违背他们的意愿。当消息传到土缇娜那里时,她跑到国王面前,惊讶地发现那个乡下女孩竟是自己憎恨的死对头。她张开大嘴,吐露出憎恨、谴责的言语。在她喋喋不休之时,巫师和善良的仙女将她变成了一头野猪,她哼哼唧唧地跑到院子里。看到这一幕,宫殿里的人们放声大笑。

　　解决了所有困难和危险，查明国王和芙罗琳女王愉快地结婚了，幸福地度过了一生。

寡妇和两个女儿

很多年前,有位心地善良的寡妇。这位寡妇有两个可爱迷人的女儿,大女儿名叫布兰诗(意为"白色的"),小女儿名叫维尔梅伊(意为"红润的")。之所以取这两个名字是因为大女儿拥有世上最白皙的皮肤,小女儿拥有世上最美的珊瑚色脸颊和嘴唇。某天,当善良的寡妇坐在自家门口的纺车边上时,她看到一位可怜的老妇人顺着小路朝自己走来。虽然这位老妇人拄着拐杖,但走起路来依旧十分吃力。

寡妇对老妇人说:"您看起来十分疲惫,过来坐下休息一会儿吧。"随后,她吩咐两个女儿去拿椅子。两个女孩立刻站起身来,维尔梅伊跑得比姐姐快,她取来了椅子和靠垫。

寡妇和两个女儿

善良的寡妇问老妇人:"您要来点喝的吗?"

老妇人回答道:"感激不尽。如果您有多余的食物,也请分我一点儿吧。"

善良的寡妇说:"我会尽自己所能给您提供最好的食物,但我家里很穷,能提供的食物不多。"她让两个女儿照料好坐在餐桌旁的老妇人,随后交代大女儿去树上摘些李子回来。李子树是大女儿亲手种的,大女儿很喜欢那棵树。

布兰诗对母亲的吩咐有些不高兴,去花园的路上她嘀嘀咕咕地埋怨道:"我如此精心地照顾这棵李子树,可不是为了把果子分给这个贪心的老太太吃的!"但布兰诗不敢违抗母亲的命令,她采了些李子,不情不愿地回了家。善良的寡妇又对小女儿说:"维尔梅伊,你种的葡萄还没有熟透,还不能拿给老婆婆吃。"

维尔梅伊回答道:"是的,妈妈。但我听到我的母鸡在咯咯叫,它刚刚下了一个蛋。如果我们的客人愿意尝尝新鲜热乎的鸡蛋,我非常愿意分给她吃。"

还没等老妇人回答,本性善良的小姑娘就跑出去取鸡蛋了。然而,当她把鸡蛋递给陌生的老妇人时,老妇人突然消失,取而代之的是一位美丽的仙女。仙女对寡妇说:"根据两个女孩送我的东西,我将给出相应的回报。你的大女儿将成为一国的王后,你的小女儿将成为一座农场的主人。"

随后,仙女用手杖敲了敲屋内的地板。一瞬间,墙壁和房顶消失不见,家具也陷入了地里。寡妇和两个女儿发现,在她们面前的是一座非常漂亮的农舍。

仙女对维尔梅伊说:"这便是你的际遇,你的姐姐不久后会得到她的际遇。我保证给你们的都是你们自己最偏爱的东西。"

说完这些,仙女便离开了,留下了依旧震惊于眼前一切的寡妇和她的两个女儿。三个人拘谨地走进农舍,对一尘不染的装潢感到十分满意。椅子和床架虽是木质的,但高超的抛光工艺使得涂层光亮如镜。亚麻制的床单和枕套洁白如雪,被羽毛填充得鼓鼓的枕头散发着薰衣草的香气。农舍附近的田地里有二十只山羊、二十只绵羊、四只公牛、四只奶牛;禽场养着鸭子、鸽子等各种家禽;果园种满了果实成熟的树木;还有一个花园盛开着各种各样的野花。

布兰诗看着眼前仙女的馈赠,并未对妹妹产生嫉妒之心,此刻她满脑子只想着自己会成为王后这件事,开心极了。突然,她听见农场响起了马蹄的声音和狩猎的声响。当她跑出大门时,碰巧遇到了带

寡妇和两个女儿

着随从骑马打猎返程的国王。国王将目光落在布兰诗身上,他眼中的布兰诗美丽异常。在思念了布兰诗整整一夜后,国王决定娶她为妻。第二天,国王骑马返回农场,布兰诗毫不犹豫地答应成为他的新娘。

婚礼举行后不久,布兰诗叫来了妹妹维尔梅伊,并语气高傲地对维尔梅伊说:"我不希望你仅仅成为一座农场的主人,来王宫生活吧,把农舍留给母亲照看就可以了。我会让你嫁入贵族豪门的。"

维尔梅伊知晓布兰诗是一片好意,于是回复说:"姐姐,谢谢你。但我习惯了在乡下的生活,更想留在那里。"就这样,维尔梅伊心满意足地回到了自己那座僻静的农场。

起初几个月,王后布兰诗一直忙着挑选华美的礼服,她的眼中只有舞会和演出。渐渐地,她过惯了这样的生活,不再为这些事情感到愉悦。

事实上,她越来越厌烦宫中的气氛,开始变得很不开心。宫中的名媛虽然对她表示尊敬,但布兰诗知道这些人并不喜欢她。她们曾私下讨论说:"看看这个村妞假装淑女的样子!国王挑选妻子的眼光真差劲!"这些话慢慢传入了国王耳中,国王也开始怀疑娶寡妇的女儿做妻子可能确实是一个不智之举。国王对王后的爱意越来越淡，最后他把全部时间花在宫中美丽轻浮的女人身上，完全无视王后布兰诗。

当整个王室都知道国王不再喜爱——事实上，是毫不在乎他年轻的妻子时，所有的侍臣也不再对王后表示敬意。可怜的布兰诗非常难过，因为她连一个可倾诉苦恼的朋友都没有。她知道王宫里盛行的风气是对朋友不忠，对仇人逢迎，谎话张口就来。一直以来，布兰诗都不得不装出一副严肃面孔，因为人们说王后要威严、要庄重。王室的医生会检查她入口的每一种食物，不让布兰诗吃她真正喜欢的食物，不让她喝加盐的汤，不让她随意散步，总之是从早到晚违背她的意愿。后来，布兰诗生了两个孩子，但不被允许经常与他们见面。孩子们在王室家教的教养下行径恶劣，但王后却不能随意纠正他们的错误。

岁月流逝，伤心的王后越发感到心灰意冷，她甚至要被失望和悲伤折磨死了。她越来越瘦，越来越虚弱，连侍臣都开始同情她的不幸。自维尔梅伊拒绝入宫生活后，布兰诗就再没见过她，上一次见面还是在王室婚礼举办不久后。之所以这么长时间没有见面，是因为布兰诗听说，如果她以王后的身份去见平凡的农场主人将有失体面。但

寡妇和两个女儿

最终布兰诗还是无法克服自己的郁郁寡欢,决定去见妹妹,并在乡下住几天,散散心。布兰诗请求国王的同意,国王也正想摆脱这个自己毫不在意的妻子一段时间,于是就毫不犹豫地答应了。

夏日黄昏时分,王后来到了维尔梅伊的农场。靠近农场时,她看到一群牧羊男女正在繁茂的草甸上跳舞,玩着各类有趣的游戏。

布兰诗一边叹息一边自语:"唉!我什么时候能再像这些乡下人一样玩得如此开心,什么时候能不再有人挑我毛病?"布兰诗在农场大门处下了车,妹妹维尔梅伊跑了出来,开心地抱住了她。看到维尔梅伊如此丰满漂亮,还流露出一副心满意足的神情后,布兰诗忍不住在幸福的妹妹面前流下眼泪。

维尔梅伊嫁给了一位不太富裕的年轻农民。小伙子一直牢记着这样一个事实:他所拥有的一切都归功于妻子,他要用善良与温柔回报妻子。虽然维尔梅伊只有几个仆人,但她对仆人们很好,仆人们也像对待母亲那样尊重她。维尔梅伊的邻居们也都很喜爱她,每个人都迫不及待地向维尔梅伊表达喜爱之情。维尔梅伊不富有,但她并不需要钱。她从自己的土地获得了大量的谷物和橄榄油。她的奶牛和山羊为她提供了充足的奶,富余的牛奶和羊奶还可以做黄油和奶酪。她每

寡妇和两个女儿

天都能收获很多新鲜鸡蛋。她从自己养的绵羊身上获得羊毛,再将仆人们编织的纱线纺成布,为自己、丈夫和两个孩子做衣服。他们一家人都很健康。晚上工作结束后,一家人就在一起做游戏,仆人和邻居们也会参加。

王后看到、听到这些后,呼喊道:"唉!仙女用一顶王冠换走了我的运气。幸福快乐并不存在于王宫的富丽欢愉中,而是存在于乡间的简单、健康中!"

王后话音刚落,仙女突然出现在两姐妹面前。仙女对布兰诗说:"我让你当王后并不是要奖赏你,而是为了惩罚你,因为你送我李子时心存怨气。如果你想要幸福快乐,你必须向你妹妹学习——只拥有必要的,不贪恋多余的。"

布兰诗叫喊道:"哦,夫人!对我的不善您已给予了足够的惩罚,现在请结束我的不幸吧,求您了!"

"是时候结束你的痛苦了,"仙女回答道,"国王已不再爱你,他抛弃了你,娶了新的妻子。明天,他的属下会以其名义前来,命令你不要再回王宫。"

第二天发生的一切正如仙女的预言。往后的岁月里,布兰诗和妹妹维尔梅伊平静、满足地生活在一起。布兰诗不再回想过去那些在王宫的日子,并对仙女给她的教训心存感激,这让她回归了原来平静的乡村生活。在这里,生活是如此简单,王宫里的那些钩心斗角不复存在。

波罕布利翁

很久以前,有一个名叫波罕布利翁的小男孩。他之所以叫这个名字,是因为他出生时身材十分瘦小,而这个名字和表示"小物件""小东西"的单词读音相同。

波罕布利翁只有靴子那么高,但他的淘气程度却丝毫不减,他就像一只小猴子一样四处捣蛋。波罕布利翁的父母在他很小的时候就去世了,他是被教母——善良的波丽奇特仙女养大的。在波罕布利翁十二岁时的某一天,仙女对他说:"波罕布利翁,听我说。我非常爱你,视你如己出。你聪明,会读书写字,算术能力也很强。尽管我也曾教导你做人要友好和善,但你的心不够善良。你难道不知道被别人喜爱比被别人憎恨要好得多吗?"

"现在我要对你进行一次测试。如果你的测试结果令我满意，我将送你许多礼物，还要许配你一位富有、漂亮的妻子。这是一支魔杖，只要把它拿在手里，你所有的愿望就都能实现。但我要警告你，如果你的愿望是充满善意的，你的肤色会如玫瑰般美丽；如果你用魔杖伤害他人，你的脸会变得像柠檬一样蜡黄。留心我说的这些！"

"你可以出发了，在我召唤你之前，你都不会再看到我了。从今天起，我的房屋、土地、花园和我自己都会隐藏起来，让你无法看见。再给我一个告别吻，你现在就上路吧！"

波罕布利翁拿着魔杖出发了。他闷闷不乐，因为他不喜欢教母安排的这种流浪生活。

他刚刚走出几步，教母的房屋和他熟悉的周边一切就消失不见了。取而代之的是四周完全陌生的环境。

波罕布利翁一边向前走一边说道："教母选这种方式测试我其实挺好的。她难道不知道我就像只小绵羊一样温柔友善吗？我从不招惹小伙伴们，倒是他们总是对我不友善，惹我发脾气。"

孩子们，这就是坏脾气的人常用来辩解的说辞。这些坏脾气的人在惹恼别人时总认为是别人挑衅了他们。

夜幕降临，波罕布利翁来到了一座农场，农场里有许多人在前

波罕布利翁

后不停地忙碌着。波罕布利翁闻到了烤肉的香味,他心想:"如果我敲门,他们应该会给我提供晚餐和住宿的地方!"

于是他使劲敲门。一位老爷爷打开门,问道:"我的孩子,你有什么事吗?"

矮小的波罕布利翁无礼地答道:"你猜不出我有什么事吗?天都这么黑了,除了要借住,我还能有什么事儿!"

老爷爷应道:"小朋友,我没办法留你住下来。我的女儿要出嫁了,家里来了很多客人,已经不够住了。如果换成其他日子,我肯定会欢迎你来我家住,但现在你得去别的地方借宿。晚安!"

这位农民关上了门,波罕布利翁对自己的请求被拒绝这件事感到十分愤怒。他喊道:"我希望你们和婚礼全部被埋在地底!"

顷刻间一声巨响传来,地面裂开,整个农场和农场上的人都消失了。

波罕布利翁被自己的举动造成的后果吓到了,飞快地逃跑了。天亮之时,他跑到了一条美丽的小河岸边。河面上停着几艘驳船,船上装饰着鲜花和白红相间的旗子。船上的人们拿着蛋糕、水果和各种各样美味的食物。正当波罕布利翁盯着这些人做准备工作时,一群身着白衣的男人、女人和儿童走了过来。走在这群欢快队伍最前面的是一位看起来至少有一百岁的老人，他的左右两边各有一名年轻人搀扶着他。波罕布利翁拦住人群中的一位，问道："你们要去哪里？"

对方回答说："我们要乘船去一英里远的美丽小岛，去庆祝这位老人的一百岁生日。他是我们这群人的父亲和祖父。"

矮小的波罕布利翁恳求道："请带我一起去吧。"

对方说："我们肯定不能带你去。我们为什么要带你这个小矮人去？而且，你看起来病恹恹的，脸黄得像一个木梨！"

事实也是如此，自从波罕布利翁给诚实的农民和婚宴带去不幸之后，他的脸就变成了亮黄色。矮小的波罕布利翁气得直跺脚，他叫喊道："我希望你和所有参加派对的人都掉到河里淹死！"

瞬间，一艘艘驳船和已登船的人群被掀翻在水里，从天而降的雨水倾倒在激流之中。

波罕布利翁非常慌张，拔腿就跑。他竭尽全力跑到一个破旧的村舍前，躲了进去。村舍里空空荡荡，只有一张桌子、一把椅子和一面镜子。波罕布利翁站在椅子上朝着镜子窥视。他发现自己的脸比之前更黄了。他回想起教母临别前的话语，悲伤地哭了起来。

"一直以来我竟如此邪恶，"矮小的波罕布利翁说，"如果这个地方是一座修道院该有多好，我就可以在此度过余生，忏悔我曾经的

波罕布利翁

恶行!"

话音刚落,村舍就变成了一座小教堂,四周镶嵌着美丽的彩色玻璃,里面装饰着各种雕像,燃烧的蜡烛把小教堂照得亮亮堂堂。矮小的波罕布利翁说:"这一切都很好,就是缺少一位牧师。我才不想做牧师,我宁愿在小客栈里做厨子。"

他的新愿望又马上得以实现了。整个地方大变模样。波罕布利翁面前出现了一个大厨灶,四周长长的台面上堆满了大块的生肉、活鱼和蔬菜。矮小的波罕布利翁发现自己头顶戴着厨帽,身上系着围裙,他的手边是各类炖锅和煎锅。但懒惰的波罕布利翁只是盯着这片新景象说道:"我有魔杖,为什么还要自己下厨?我希望有顿大餐摆在面前供我享用!"

随即,他面前的生肉消失了,取而代之的是一张小餐桌,桌上摆满了热腾腾的美食。

矮小的波罕布利翁饱餐一顿后,精神抖擞地重新上路了。他看到附近有一片茂盛的玉米地,就打算穿过去。路上,他碰到一个衣衫褴褛的可怜乞丐。她请求波罕布利翁施舍她点东西。小男孩被她的悲惨境遇打动了,于是说道:"放眼望去,远处有座富丽堂皇的乡村豪宅,而眼下这个可怜的女人却不得不乞讨食物,我希望她能拥有豪宅

波罕布利翁

主人的一些财富。"

突然,女人叫了起来:"我的口袋里什么东西沉甸甸的!"

她摸索着自己破烂的长袍,从里面掏出一袋银子和一袋金子。波罕布利翁对她说:"拿着吧,善良的女人,希望这些足够你用。"

随后他接着朝玉米地走去。然而,房子的主人气冲冲地向他走来。"有个坏人偷了我的钱,"他喊道,"偷了我的一袋金子和一袋银子。"

矮小的波罕布利翁镇静地回答道:"金子和银子不是被偷了,它们只是进了别人的口袋。"

"你这个小流氓,"男人说,"你是不是认识那个小偷?尽管你看起来像我花园中的花朵一样美好天真,但你要是不快点告诉我,我就把你吊起来。"

波罕布利翁很高兴自己的善举改变了面容肤色。他开玩笑似的回答说:"别吊我,吊你的猫吧!"刚说完,他就看到一只猫正挂在绞刑架上,可怜地喵喵叫着。它的主人立刻跑过去把它放了下来,淘气的波罕布利翁笑着走开了。

在玉米地里,波罕布利翁看到有十二个男人在割玉米。他走到一个男人身边寻问时间,男人大喊道:"看看这个小怪胎,他难道以为我是一座钟嘛！他身材小得像个侏儒，肤色黄得像颗柠檬。"

"你撒谎，"波罕布利翁生气地说，"我的脸是粉色的。"

男人大笑着说："粉色！也许你觉得我们的玉米也是粉色的，你的脸和玉米是一个颜色。"

波罕布利翁生气地说："我希望你们的玉米都变成蓟草，喂你们这些蠢驴刚刚好！"转眼间，整片玉米地变成了长满蓟草的荒地，收割的人们变成了驴。这些驴子追着波罕布利翁要咬他、踩他，但波罕布利翁飞快地跑到了隔壁村子。

此时，这个可恶的小淘气已经变成了橘黄色，人们像躲瘟疫一样躲着他。

"我希望所有人都变得和我一样黄，"波罕布利翁说，"这样他们就明白自己有多么无礼。"

顷刻间，所有的村民变得和波罕布利翁一样黄。他们很确定是波罕布利翁引发了这场灾难，于是拿着棍棒和石头追赶他。

波罕布利翁一边逃跑一边喊："小心我放火烧了你们整个村子，把你们都变成……"还没等他说完，就被人揪着头发带走了，魔杖也从他的手中滑落了。

"你这个淘气的孩子！"仙女波丽奇特大声说道。正是她抓走

波罕布利翁

了波罕布利翁。波罕布利翁一句话也不敢说。仙女带他回到家后对他说：

"你这个没出息的孩子，看看你都干了些什么！我把魔杖借给你是为了让你去伤害别人吗？幸好我能挽救你做出的那些坏事。一路上我隐身跟在你身后。老实的农夫给了你充分的理由拒绝你的留宿请求，你竟然让大地吞没了他，还好我救了他和他的家人，他女儿的婚礼已在进行之中；为父亲庆祝百岁生日的人们没有同意你这个陌生人和他们一起庆祝，就因为这件事，你让他们都掉在河里淹死，幸好我把他们救上了一座小岛，他们现在还在岛上欢庆大难不死；那位乞讨的老妇人已经失去了你送她的金子银子，她没有劳动就不配获取，因为这一次你表现出了善意，你的肤色变得红润起来；但当你冒犯豪宅的主人，伤害无辜可怜的小猫后，你的脸又变成了黄色；你毁了一片庄稼，把收割的人们变成了驴子，之后又打算毁掉整个村子。这实在是太过分了，现在我要惩罚你，让你在这壁炉台上站一千年，以后你再也不能伤害别人了。"

随后仙女拎起波罕布利翁，把他放在了壁炉台上。波罕布利翁变成一个造型诡异的瓷器娃娃，不能说话，不停点头。

波罕布利翁以瓷器娃娃的样子站了一千年，最终从台子上摔了

波罕布利翁

下去,碎成了一千片。

每个去看望波丽奇特的人都会看到这个瓷制的小矮人,这时仙女就会告诉他们:"这是我的教子波罕布利翁。别人取笑他的时候,他会愤怒暴躁,成为别人的麻烦,所以我把他变成了这个样子。总之,他就是个只会做坏事,破坏别人幸福的淘气鬼。"

格拉西罗萨和珀西奈

很久以前，一位国王和一位王后育有一女。小公主甜美迷人，国王和王后给她取名为格拉西罗萨。王后将所有的心血倾注在这唯一的女儿身上，她每天送小公主一件新衣服当作礼物。尽管小公主每天都被打扮得高贵漂亮，但她并未因此变得虚荣自傲。她总是早晨在书房学习，下午在王后身边练习刺绣。

格拉西罗萨集万千宠爱于一身，人们都认为她是最幸运、最幸福的公主，但有一个人除外。这是位名叫格赫尼侬（意为"爱发怒"）的女公爵，人上了年纪但十分富有。她的面相十分丑陋：独眼，红头发，血盆大口。除此之外，她还两条腿长短不一，一边肩高一边肩低。女公爵对小公主又妒又恨，甚至为了避免听到人们对小公

格拉西罗萨和珀西奈

主的夸赞而离开王宫。她住在离王宫不远的城堡里,如果前去拜访的人在无意中赞美了小公主,她就会暴跳如雷,大叫:"瞎说!瞎说!她根本不迷人!我的一根小手指都比她整个人有魅力得多!"

后来,王后生病去世了。格拉西罗萨公主悲伤于失去一位好母亲,国王也深深悼念亲爱的妻子。差不多有一年的时间,国王拒绝离开王宫。后来,宫廷医师担心国王的身体状态,坚持让他外出休养。

有一天,国王被说服去外出打猎。从围猎场回王宫的路上,天气非常热。国王看到附近有一座巨大的城堡,便打算停下稍事休息。这座宏伟的城堡就是格赫尼侬居住的地方。当她听说国王莅临,急忙跑出来迎接。她告诉国王整个城堡最凉爽的地方是下方宽敞、干净的拱形地窖,她恳请国王可以赏光前往。国王跟在她身后,在地窖入口,他看到几百个大桶摞在一起。

国王笑着问女公爵:"储藏这么多酒,你是为了自己喝吗?"

"是的,陛下,"女公爵回答道,"我自己喝。但如果您能赏光品尝,我会非常高兴。您想品尝哪一种?"

"我觉得香槟是最好的酒。"国王说道。

格赫尼侬马上拿出小锤子,对其中一只桶敲了三下,银币突然倾泻而出。

"这是怎么回事?"格赫尼侬惊呼。她又敲了敲旁边的桶,结果流出来的是大量的金币。

"我完全搞不懂这是什么情况。"狡猾的老女人一边大叫一边走

到另一只桶前敲了起来。珍珠和钻石从桶里倾泻而出,铺满了整个地板。

"陛下,我不明白是怎么回事,"格赫尼侬大声说道,"一定是有人偷了我的好酒,又把这些不值钱的小玩意放了进去。"

"不值钱的小玩意?"国王吃惊地重复,"夫人,你把这些叫作不值钱的小玩意?这些珠宝足够买下一个王国了。"

女公爵说:"好吧。如你所见,只要你娶了我,这些装满金子和珠宝的木桶就全归你了。"

爱财如命的国王回答:"我别无所求。如果你同意,明天我就来迎娶你。"

"我同意,"女公爵说,"但我有一个条件。我必须有权管教你的女儿,像她的亲生母亲那样。她必须绝对服从我,你要把她交给我看管。"

"没问题,"国王说,"我们击掌为誓。"

两人击掌发了誓。他们离开装满宝物的房间时,格赫尼侬把房间钥匙交给了国王,国王兴高采烈地回到了王宫。刚走进宫殿,格拉西罗萨就飞奔而来,询问他打猎的情况。

"我活捉了一只鸽子。"国王回答说。

"父亲，把鸽子给我吧，"公主高兴地说，"我要养它做宠物。"

"不行，"国王说，"和你说实话吧，其实我已经向女公爵格赫尼侬求婚了。"

"您怎么称她为鸽子？"格拉西罗萨惊呼，"她明明是只猫头鹰！"

"住嘴，"国王生气地说，"我要求你像对待亲生母亲那样敬爱她。立刻换上你最好的礼服，和我一块去见她。"

听话的公主回到自己的房间换衣服。年迈的奶妈看到公主眼中含泪，于是问她："我的孩子，你怎么哭了？"

公主回答道："唉！父王想娶女公爵格赫尼侬做我的继母。她是我的死对头，我怎么能和一个巴不得我死掉的人友好相处！"

聪明的奶妈对她说："作为公主，需要为他人树立榜样。顺从你的父王，让他高兴，这就是最好的榜样。"

公主还在犹豫，但忠心耿耿的奶妈说得很有道理。最后她答应笑脸迎人，至少对继母做到以礼相待。她换上一件金绿色的礼服，按照当下流行的样式把头发散披在肩上，头顶戴上点缀着绿宝石的玫瑰茉莉花环。虽然公主掩饰不住心里的悲伤，但她打扮得像仙女一样。

让我们再来看看格赫尼侬这边的情况。这个丑陋的家伙格外担

心自己的外貌。为了掩饰自己的瘸腿,她把鞋跟做成一高一低;为了掩盖畸形的肩膀,她在衣服下用东西把低的那只肩膀垫高;她买来世上最好的玻璃眼球,把脸涂成白色,把头发染成黑色;她外面穿了一件蓝色内衬的紫罗兰缎面长袍,里面搭了一件系有绿丝带的黄色衬裙;她听说西班牙女王是骑马进入王宫的,所以也打算效仿。

等待着与国王一同前去迎接新娘的格拉西罗萨独自穿过王宫花园,走进一片黑暗的森林中,坐在草地上悲伤痛哭。格拉西罗萨的眼睛哭红了,她觉得自己没脸回王宫去。突然,她看到一位英勇的侍卫走向她。这名侍卫身穿绿色锻衣,帽子上插了一根白色羽毛。他是公主见过的最英俊的人。侍卫跪拜在哭泣的公主面前,说道:"公主殿下,国王在等你。"

格拉西罗萨被这位年轻侍卫的英俊外表深深吸引,问道:"你为国王效命多久了?"

"我不是他的侍卫,公主殿下,"年轻人回答说,"我属于你,只为你一人效命。"

"属于我!"公主惊叫道,"但是我根本不认识你!"

侍卫回答说:"哦,公主。之前我一直不敢向你介绍自己,如今国王的婚姻对你而言是个威胁,将给你带来不幸,我怕再不开口就

格拉西罗萨和珀西奈

来不及了。我原本打算先在等待中效命于你,然后再向你表达我的爱意。"

公主大声说:"什么?一个侍卫!一个侍卫竟敢说爱我!这对我来说真是个致命打击!"

"美丽的格拉西罗萨,请不要害怕,"对方回答,"我是珀西奈,是和你一样有着高贵出身的王子。你的美丽、善良让我觉得自己配不上你。我爱你很久了,在你不知道的情况下已经陪在你身边很久了。我出生时仙女将隐身衣赐予我,这让我能够拜访你。今日我也会穿着隐身衣陪在你身边,我希望自己能帮到你。"格拉西罗萨震惊地盯着侃侃而谈的珀西奈。"原来是你,珀西奈。我听说过关于你的传奇故事,一直非常想见你。有你保护我,我就再也不怕邪恶的格赫尼侬了。"

格拉西罗萨要急忙赶回王宫,她在门口发现一匹已被装上马鞍的骏马正等着她。马儿性子很烈,她骑上马背,绿衣侍卫牵着缰绳。侍卫一边走,一边盯着公主漂亮的脸庞。骏马身上饰有宝石,看起来闪闪发光。相较之下,为格赫尼侬挑选的马匹看起来非常寒酸。国王忙着照料其他事情,没有注意到格拉西罗萨公主和她的绿衣侍卫,但随从们都目不转睛地盯着两人,他们所见的绿衣侍卫是宫中最英俊的侍卫。格拉西罗萨公主和绿衣侍卫在路上遇见了格赫尼侬，她坐在一辆敞篷马车上，看上去是世界上最丑最畸形的老女人。国王和公主迎接了格赫尼侬，并牵出了她要骑的马。看到格拉西罗萨的马后，格赫尼侬大叫起来："为什么那个小丫头的马比我的好？我宁可转头回城堡，不做王后，也不要遭受这样的待遇！"

国王立刻命令格拉西罗萨从马上下来，并乞求格赫尼侬赏光骑上格拉西罗萨的马。格拉西罗萨很听话，立即从马上下来了，格赫尼侬连声谢谢都没说。八个贵族扶着格赫尼侬，防止她从马上摔下来，但她还是抱怨说："我想让绿衣侍卫牵马。"于是国王命令侍卫牵马。珀西奈看了看公主，但公主什么都没说，于是他遵从了国王的命令。整个王宫鼓号齐鸣，格赫尼侬十分高兴。虽然长相丑陋，格赫尼侬却不愿和格拉西罗萨互换人生，即便那样能够获得美貌，她也不愿意。

突然，英俊的马儿开始狂跳乱踢，发疯似的狂奔，人们都拦不住它。格赫尼侬从马背上摔了下来，但一只脚被马镫缠住。就这样，马儿拖着她跑了好远。撞了一路的石头和荆棘后，格赫尼侬被马儿甩进了土堆里。其他人赶到时，她的情况糟糕透了：头被撞破了，华丽的衣服上沾满烂泥，还断了一条胳膊。她被带回镇上，躺在床上，名医受召救治照顾她。虽然受了很重的伤，格赫尼侬嘴里仍不停责骂：

格拉西罗萨和珀西奈

"是格拉西罗萨耍的小把戏。我确定她带来那匹漂亮却邪恶的马,就是为了让我嫉妒她。那匹马差点杀了我。如果国王不为我主持公道,我就回自己的城堡,再也不见他了。"

国王听说格赫尼侬怒火冲天,爱财如命的他简直不敢想象失去那些金子和珠宝会怎样。为了保住这些财宝,他愿意做任何事情。所以他急忙赶到格赫尼侬那里,对她说,她想怎么惩罚格拉西罗萨都行。格赫尼侬非常满意,她派人去接格拉西罗萨过来。

听到传召,公主脸色变得惨白。她四处张望,想找珀西奈帮忙,但他没有出现。于是她提心吊胆地去了格赫尼侬的房间。格拉西罗萨刚一进门,格赫尼侬就命令四个巫婆般的丑女人扑过去脱掉她所有精美的衣服。当她的肩膀裸露出来时,连这些残暴的女人都为她白皙的皮肤倾倒,并犹豫要不要伤害这个无辜女孩。但格赫尼侬毫无怜悯之心,她躺在床上发号施令说:"快鞭打她,把她打得体无完肤,让她还自认为自己很美!"女人们手中拿着桦树枝,下手毫不留情。每打一下,格赫尼侬都会喊:"用力!再用力!你们下手太轻了!"

各位读者,你们可能认为这位可怜的公主一定会身受重伤,但情况并非如此。英勇的珀西奈施法迷惑了女公爵和那些女人的眼睛,她们看到的那些桦树枝其实是一捆捆彩色的羽毛。格拉西罗萨从一开始就发现了,所以她一点儿都不害怕。她在心里说:"珀西奈,你能前来帮我,你是如此高尚!如果没有你,我该怎么办?"

最后,那些女人累得连胳膊都抬不起来了,她们胡乱地给公主套上衣服,把她推出了房间。格拉西罗萨回到自己房间后,假装伤得很重,想要卧床休息。她下令说,除了奶妈谁也不准进她房间。她把所有的事情都告诉了奶妈,接着沉沉地睡了过去。当她醒来时,看到珀西奈——这位最帅气的侍卫,穿着绿色衣服,头戴白色羽毛,站在自己面前。珀西奈让公主继续假装受到了残忍的毒打,伤情严重。她照做了。公主受重伤这件事让格赫尼侬心情愉悦,身体也随之很快痊愈,并大张旗鼓地举办了她和国王的婚礼。

国王知道他的妻子最喜欢别人夸她漂亮。婚后不久,国王举办了一场骑士大赛。他命令宫中最勇猛的六位骑士公开宣称格赫尼侬王后是这个世上最美的女人。为了捍卫这一宣言,六位骑士要与否认这一说法的人进行决斗。王后坐在挂满金织品的大阳台上,自负地以为所有人都在注视她。实际上,大家盯着的是谦卑地站在王后身后的格拉西罗萨公主。

很长一段时间里,无人上前挑战。最终,一位年轻的骑士进入了竞技场。他手里拿着一个镶满钻石的小盒子,大声说,格赫尼侬是

格拉西罗萨和珀西奈

最丑的女人,盒子里画像上的女人才是世界上最美的人。他与六名骑士一一进行了战斗,六名骑士纷纷摔下马落败。随后,他打开珠宝盒对骑士们说,为了安慰他们,允许他们瞧一眼这幅美丽的画像。骑士们立刻认出画像上的是格拉西罗萨。当他们喊出她的名字时,公主确信那位不知姓名的胜利者正是珀西奈。但这位骑士没有告知自己的姓名和身份,郑重行礼后便骑马离开了。

恶毒的王后怒火中烧,她想到一个残忍的计划来加害公主。格赫尼依迫不及待地等着夜晚的降临。天一黑,她就下令让随从们准备好远行的马车,并将格拉西罗萨强行塞了进去。马车驶向了远方的森林。这片森林满是狮子、老虎、熊和狼,没人敢在里面穿行。可怜的公主恳求随从们放过自己,不要将她独自留在这个恐怖的地方。但随从们不敢违抗王后的命令,无法回应公主的请求,骑着马离开了。在孤独和黑暗中,格拉西罗萨摸索着前行。有时,她会撞在树上,满身淤青;有时,她会撞上灌木和荆棘,扯坏衣服,受伤流血。最终,由于恐惧和悲伤,她趴在地上哭着说:"珀西奈,珀西奈,你抛弃我了吗?"

格拉西罗萨正说着,奇妙的现象发生了:一片光芒显现,照亮了整片茂密的森林;一条道路出现在眼前,路的终点坐落着如太阳般耀眼的水晶宫殿。格拉西罗萨知道，是保护着自己的精灵王子为她做了这一切。她既觉得高兴，又害怕他的魔力。她转身想逃，一回身，看到王子站在自己面前，此刻的他比之前更英俊、更迷人。

"公主殿下，"珀西奈说，"你为什么怕我呢？这座宫殿是我的母亲，仙女女王的。我的姐姐们，也就是仙女公主们，也住在那里。她们会照顾你，会很喜爱你。坐上我的战车，我带你过去。"

格拉西罗萨登上王子的战车，这辆战车是两只雄鹿拉着的镀金小雪橇。他们很快穿过了森林。此时的森林亮得如同白昼，里面住着牧羊人和牧羊女，他们衣着亮丽，正欢快地随着笛声跳舞。不一会儿，他们便到达了水晶宫殿。女王和她两个漂亮的女儿热情地迎接了格拉西罗萨。仙女们将她带入一个宏伟的大厅，大厅的墙壁全是由水晶砌成的。令格拉西罗萨惊奇的是，她看到墙壁上刻着自己的生平故事，甚至有她和王子在森林中搭乘战车前往宫殿的画面。

格拉西罗萨问道："王子，这是怎么回事？你为何要记录我人生的一言一行？"

"因为我不想遗漏与你相关的一点一滴，我的公主。"珀西奈回答说。

格拉西罗萨在仙女宫殿住了八天，每天都过得十分快乐。珀西

格拉西罗萨和珀西奈

奈尝试了各种理由劝说格拉西罗萨嫁给他,劝说她留在宫殿生活。但格拉西罗萨没有同意,她记挂曾宠爱自己的父亲,觉得应该承担起对父亲的义务,而不是丢下他不管。还有一点是,虽然王子十分善良、忠诚,但她仍然害怕他的魔力。于是,她恳求珀西奈尽快送她回家,并请他告知格赫尼侬那边是什么情况。"跟我来,"珀西奈说,"等到了巨塔,你可以自己看。"珀西奈将格拉西罗萨带到非常高的水晶塔塔顶,告诉她将小手指放在他的唇上,然后朝宫廷所在的方向看。随后,格拉西罗萨看到画幕般的场景:国王和格赫尼侬正坐在他们的宝座上。格赫尼侬说:"可怜的公主在山洞里上吊自杀了,为了不让你太伤心,我已经下令立刻将她埋葬。"之后,王后将公主的衣服套在一块木头上,将木头放进棺材里,还举办了一场盛大、肃穆的葬礼。王国的子民都在悼念公主的离世,国王本人也吃不下,睡不着,哭得十分伤心。

看到父亲如此悲伤,格拉西罗萨对珀西奈说:"我可怜的父亲以为我死了,如果你爱我的话,就把我带回他身边吧。"尽管这么做有违珀西奈的心意,但他还是同意了。他对格拉西罗萨说,你对我非常残忍,就像格赫尼侬对你一样。他们登上战车,很快便离开了。当他们驶出水晶宫殿的大门时,听到了一声巨响。格拉西罗萨转身一看,身后整个宫殿坍塌成了碎片。

"这是怎么回事?"格拉西罗萨惊恐地大叫。

"公主殿下,"珀西奈说,"这世间再没有我的宫殿。未来等你入土后,你才能再次进入我的宫殿。"

"你生我气了吗?"格拉西罗萨说,"但毕竟我比你更可怜,不是吗?"

送公主回家后,珀西奈和他的雪橇战车便消失了。格拉西罗萨径直走向父亲。国王以为她是鬼魂,直到他下令把棺材挖出来,看到里面是一段木头后,才相信眼前的是自己的女儿。即便如此,格赫尼侬再一次成功说服了国王,让他相信眼前的女孩只是个冒名顶替的骗子,真正的公主已经死了。于是,可怜又软弱的国王将自己的女儿交给了恶毒的继母处置。

格赫尼侬高兴坏了,她把倒霉的格拉西罗萨关进了阴暗的地牢,只给她穿破衣服,只让她食用水和黑面包,连捆床上铺的稻草都舍不得给她。格拉西罗萨不敢叫珀西奈来帮她,她怕自己已经冒犯了珀西奈,珀西奈不会原谅她,也不再爱她了。与此同时,格赫尼侬请来了一个朋友,一位恶毒仙女。格赫尼侬对仙女说:"我这儿有个坏女孩,我想让你帮我出主意,每天找一个艰巨的任务交给她做。"仙

女答应了。第二天，仙女拿来一大绞毛线。这绞毛线非常细，一吹就断，而且缠结成团，根本找不到头和尾。格赫尼依把这绞毛线拿给公主并说道："日落前将这团线缠好，如果弄断任何一根，等待你的将是重罚。"

公主被锁在地牢中，开始做这项不可能完成的任务。然而，她每解开一个结，就会弄断上百条线。最后，她将整团线扔在地上，绝望地哭着说："啊，珀西奈，如果你曾爱过我，就来帮帮我吧，不然我就要死掉了！"

公主话音刚落，王子就出现在了她身旁。他轻而易举就打开了牢门，仿佛有牢房的钥匙。"公主殿下，我来了，"王子说，"即便你不会回应我的爱，我仍准备好了随时为你效劳。"他用魔杖在那绞毛线上点了三下，线团自己就解开了，并整齐地缠为一束。"你还需要我做点什么吗？"他问道。

"亲爱的珀西奈，请不要责备我，"公主说，"我已经很难过了。"

"那你为什么不愿意跟我一起快乐地生活呢？"格拉西罗萨还是没有同意珀西奈的请求，于是王子从她眼前消失了。

格赫尼依迫不及待地等到日落。当她急匆匆赶到地牢时，公主

微笑着将一团纺好的线递给了她。格赫尼侬无话可说，只能找理由说公主弄脏了线团，她打了公主一巴掌便离开了。

格赫尼侬非常失望。她找到仙女说："找一个更难的任务，难到格拉西罗萨肯定无法完成。"仙女飞走了，第二天，她带回了一大篮羽毛，里面是混在一起的各种鸟儿的羽毛，乱到鸟儿们自己都分辨不出来。

仙女说："这个任务我们自己都不可能完成。让你的囚犯给这篮羽毛分类，把同一种鸟的羽毛单独放在一堆。"

格赫尼侬高兴极了，她马上出发去了公主的地牢，将那一篮子羽毛递给她，并命令她在日落前完成任务。格拉西罗萨从里面取出一些羽毛，但发现自己根本区别不了。最终，她把所有羽毛又扔回了篮子里，大声地哭了起来。

"珀西奈不再爱我了。"她哭着说，"如果他关心我，他早就来了。"

"公主殿下，我在这儿。"一个声音从篮子下面传来，接着珀西奈就站在格拉西罗萨面前了。珀西奈用魔杖点了三下篮子，千根羽毛飞了出来，在牢房里自动分成一堆一堆。"我欠你太多了！"公主高兴地说，"请接受我的感谢！"

格拉西罗萨和珀西奈

当格赫尼侬来到地牢时,她发现公主已经完成了任务,但她还是以羽毛排列不齐为借口打了公主。邪恶的仙女也很失望,不过她答应再试一次。几天后,仙女带回一个大箱子,并对格赫尼侬说:"让你的囚犯把这个箱子带到某个地方,不准她在路上打开。她肯定不会遵守,这样你就可以将她处死了。"

格赫尼侬把箱子拿给格拉西罗萨,命令她把箱子搬到自己的城堡,放在某个房间的桌子上,并命令她任何情况下都不能打开箱子。

格拉西罗萨穿上粗羊毛斗篷和木鞋就出发了。箱子太重了,格拉西罗萨走了一会儿就累了,她坐在树林边休息起来。当她把箱子放在腿上时,突然受到一股强烈的欲望驱使,想要打开箱子看看。

"这对我能有什么影响?"她说,"我什么也不碰,什么也不拿,但我必须看看里面是什么。"她一边说着,一边不计后果地打开了箱子。里面突然蹦出一大群袖珍小人,有男有女。他们拿着小凳子、小桌子、小盘子和小乐器。这群小人里最高的还没有一根手指高。他们在草地上蹦蹦跳跳,有的跳舞,有的唱歌,有的坐在小桌子旁吃吃喝喝。

格拉西罗萨盯着这壮观的场面看了好一会儿。当她试图把这些小人重新装回箱子里时,他们全都跑开了,格拉西罗萨一个都抓

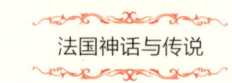

不到。

"珀西奈,珀西奈,"她哭喊道,"如果你还爱我这个粗心大意的公主,就来帮帮我吧,我陷入了有史以来最糟糕的困境。"

再一次,精灵王子身穿闪闪发光的绿色衣服(绿色是公主最喜欢的颜色)出现了,敲了三下魔杖后,所有的小人带着小物件蹦回了箱子里。

随后,王子驾着雄鹿战车带格拉西罗萨来到了格赫尼侬的城堡。格拉西罗萨完成格赫尼侬的吩咐后回到了地牢。格赫尼侬恼羞成怒,把箱子扔进了火里。她不再指望仙女的帮助,决心靠自己来结束公主的生命。

格赫尼侬在花园里挖了一个大坑,放了一块大石头盖在上面。随后她叫来公主并说道:"石头下面藏了一个宝物,搬起这块石头,你就能看见。"

格拉西罗萨听从了格赫尼侬的吩咐。当她搬起石头时,格赫尼侬把她推进了大坑里,又把石头扔了进去,不幸的格拉西罗萨被活活埋了进去。

"珀西奈,现在你解恨了,"公主伤心地哭了起来,"我为什么不回应你的爱,为什么不嫁给你!如果你能为我哀悼一小会儿,那么死

格拉西罗萨和珀西奈

亡也没有那么残忍恐怖了。"

她正说着,深坑的边上突然出现了一扇小门,一束光从门里照了进来。格拉西罗萨突然想起珀西奈曾说过,等她入土后,才能再次返回仙女宫殿,于是便小心翼翼地爬过了小门。此刻,她发现自己置身于一座美丽的花园中,花园里种满了鲜花和果树。在花园的尽头,她再次看到了水晶打造的仙女宫殿。宫殿门口站着珀西奈,以及他的女王母亲和他的公主姐姐们。

格拉西罗萨心中充满感激。她跪在他们面前说,如果珀西奈仍爱她,就像他为她做的一切所证明的那样,那么她很乐意成为他的新娘。

婚宴场面史无前例的盛大,所有的仙女都千里迢迢地过来参加。她们有的乘坐飞龙战车,有的乘坐天鹅战车,有的驾着祥云,有的脚踩火球。曾帮助格赫尼侬折磨公主的那位仙女也来了。得知了真相后,这位仙女请求格拉西罗萨原谅自己,并许诺弥补自己犯下的错误。

未等婚宴开席,这位仙女就坐上自己的双蛇战车,飞去了王后格赫尼侬的王宫。

格赫尼侬坐在餐桌前。仙女走到她身后,国王和其他人还没来得及阻止，仙女就夺取了格赫尼侬的生命。

　　就这样，恶毒的王后死了，并且很快就被埋了。无人悼念这个残忍、爱妒忌的女人。

一盆康乃馨

很久以前,有一位疾病缠身的穷苦农民。他知道自己将不久于人世,看着敬爱自己的儿子和女儿,他决心不让两个孩子在他去世后产生财产纠纷。

农夫把两个孩子叫到床前,立下了自己的遗嘱:

他说:"你们的妈妈嫁给我时,带来的嫁妆只有两个木板凳和一张稻草席。那时,我的全部家当便是这些物品和一只母鸡。一次偶然的机会,一位贵妇来到我们这座小房子并待了一段时间,她送给了我一盆康乃馨和一只样式简单的银戒指。临走时她对我说:'好好照顾这盆花,细心给它们浇水,把戒指藏在一个安全的地方。我预言你的小女儿会出落得十分漂亮,就叫她菲里西缇吧。当她能照顾花儿的时

一盆康乃馨

候,就把康乃馨和戒指都给她,让她觉得自己并非一无所有。'"

"所以现在,"善良的农民继续说道,"我亲爱的女儿,这两样东西归你了,剩下的一点儿财产将归你哥哥。"

两位年轻人对他们分到的东西很满意。不久后,农民病逝了,兄妹俩继续住在这座小木屋里。起初,兄妹俩相处得很愉快,也很满意住在一起的生活。后来,哥哥布勒涅开始嫉妒妹妹得到了戒指和康乃馨。一天,碰巧妹妹菲里西缇坐在凳子上时,布勒涅生气地大声喊道:"你想怎么样对待你的康乃馨和戒指都行,但别碰我的凳子。"布勒涅拿走了两个凳子,只能自己用,妹妹只能站着。

晚饭的时候,布勒涅煮了一只非常大的鸡蛋,那是他的母鸡刚刚下的。他的心情依旧很差。吃完鸡蛋后,他把蛋壳扔给菲里西缇,说道:"这就是你的那份儿,如果不够你吃,你可以去沼泽捕野蛙回来自己煮。"

菲里西缇没有回应哥哥的无礼发言,她从哥哥身边走开,回房间默默哭泣。她的小卧室里充斥着迷人的味道,她知道是那盆康乃馨散发出的香气。"我漂亮的花朵们,"她轻抚着花盆说,"你们洁白的颜色和甜美的芬芳抚慰了我的心。我永远不会摘下你们,不会忘记给你们浇水,我会一直照顾你们,你们是我唯一的朋友。"

菲里西缇觉得花盆里的土好像有点干，于是她顾不得夜深了，拿起陶罐在月光中跑去了离家较远的小溪旁取水。到达小溪时，小姑娘已气喘吁吁。她坐在灌木旁，打算休息一会儿。休息得差不多时，眼前突然出现了一位美丽的女士。这位女士穿着华贵，身后满是仕女和随从，一群人正穿过草地向小溪走来。到达溪边后，美丽的女士停了下来。侍者们抬出一把雕花的橡木椅子，把金布铺在椅子上，还在椅子上方搭起一个天棚。另有一些侍者抬出几张桌子，摆上美味盛宴。他们把水果放在金制的盘子中，把红酒盛在水晶杯子里。当这位女士和她的同伴们享用盛宴时，柔美的音乐缓缓奏起，一些仕女跟着唱了起来。

菲里西缇痴迷地盯着眼前的场景。她生怕被发现，一动也不敢动。不过那位漂亮的女士对随从说："我觉得有个牧羊女躲在那边的灌木里，去，把她带到我面前。"

菲里西缇听到后，从灌木中走了出来。她对这位彰显着女王风范的女士郑重地行了一个屈膝礼，并亲吻了对方的长袍下摆。

"漂亮的小姑娘，你一个人在这里做什么呢？"女王问道，"难道你不怕遇到强盗？"

"唉！夫人，"菲里西缇红着脸回答道，"我只有一件亚麻长袍，

一盆康乃馨

强盗能从我这样的农家女孩身上抢走什么?"

女王笑着问:"这么说你并不富裕?"

菲里西缇回答说:"是的,我很穷。我父亲去世时只给我留下一盆康乃馨和一枚银戒指。"

"但你还有一颗心。"女王问,"如果有人想把这颗心要走,你会给吗?"

菲里西缇回答说:"我常听人讲,如果没有心,一个人就无法再活下去。虽然我很穷,但我一点儿也不为活着这件事感到遗憾。"

女王继续问道:"告诉我,今晚你有好好吃晚饭吗?"

"没有,夫人。晚餐食物很少,哥哥自己吃光了。"菲里西缇说。

女王立刻命人在自己旁边给这个牧羊女加一个位子,并让她品尝桌上的所有美食,但菲里西缇激动得一口也吃不下。

随即,女王又问:"我想知道,这么晚了你一个人在小溪边做什么?"

菲里西缇回答说:"夫人,我是来给自己心爱的康乃馨取水的。"她边说边拾起自己的陶罐。当她把陶罐拿给对方看时,惊讶地发现陶罐变成了金罐,还装满了香气迷人的水。她立刻放下罐子,害怕是自己拿错了。但女王笑了笑，和蔼地说："菲里西缇，这是我送你的，去给你的花儿浇水吧。你要记住，森林女王永远是你的朋友。"牧羊女跪在女王脚边说："感谢您赐予我的荣誉，恳请您在此等候一会儿，我想把自己最珍贵的两件财产中的一件送给您，是一盆康乃馨。"

"好。"女王回答道，"我在此处等你回来。"

菲里西缇拿起她的罐子，飞快地跑回了她的房间。可是，天啊！她发现哥哥趁自己不在时偷走了那盆康乃馨，还在原处放了一颗巨大的卷心菜。

菲里西缇看着眼前的一切十分沮丧。她犹豫很久，到底要不要再回到小溪边。最后，她下定决心回到了小溪边，跪在女王面前诚恳说道："夫人，布勒涅偷了我的花，现在我只剩一枚银戒指了。请您收下它，它代表了我对您的感激之情。"

"漂亮的小姑娘，如果我拿走你的戒指，你就什么都没有了。"女王说道。

"夫人，我不介意，"菲里西缇回答，"我还有您的恩典。"

女王收下戒指戴在了自己手上。随后，她登上镶满翡翠的珊瑚战车。六匹白马拉起战车，女王很快消失在夜色之中。

一盆康乃馨

菲里西缇盯着远处,直到女王的身影完全消失。随后,她返回了家中。

回到房间她做的第一件事就是把卷心菜丢到窗外。突然,她听到一声尖叫:"你要杀了我啊!"菲里西缇十分困惑,正常来说,卷心菜是不会开口说话的。

第二天她早早起床,出屋去找自己的罐子。她第一眼看到的就是那颗卷心菜。她踢了卷心菜一脚并说道:"你以为你可以替代我宝贝的康乃馨吗?"

卷心菜生气地答道:"如果不是被带进了你的房间,我根本不想进去。"

听到卷心菜开口说话,菲里西缇害怕极了。但卷心菜继续说:

"如果你把我放回菜园子里,我就告诉你康乃馨在哪儿——它们被藏在布勒涅的床上。"

菲里西缇很沮丧,因为她没办法将康乃馨拿回来,但她还是好心地把卷心菜种回到它原来的园子。种完菜后,她看见了属于哥哥的那只母鸡,于是冲着它说:"布勒涅让我如此难过,我要拿你撒气。"

"不要杀我,牧羊女,"母鸡说,"我来给你讲一个与你有关的动人故事。首先要告诉你的是,原本和你一起生活的农夫并不是你的父亲。你的母亲是位王后,在你出生前,她已经生了六个女儿。国王威胁她如果第七胎还不是男孩就杀了她。可怜的王后被关在一座城堡里,由士兵日夜看守。士兵们被告知,如果王后再生女孩,就杀了她。王后的妹妹是一位仙女,她们计划说,如果王后生下的还是女孩,就用仙女的儿子来调换。小男孩被仙女放在摇篮里,交给了风仙子。仙女让风仙子快点送小王子去王后的城堡,并用他将小公主换下来;然而,计划没成功。王后害怕她的仙女妹妹会耽误太久,于是贿赂了看守的士兵逃了出来。你一出生,这位不幸的王后就带着你躲进了这座小房子。由于悲伤和疲劳,王后那时几乎奄奄一息。我曾是农夫的妻子,也是一个不错的奶妈,所以王后把你交给我抚养,但还没来得及告诉我们怎么照顾你,她就断气了。"

"我这个人话很多,忍不住把王后的事讲给了左邻右舍。有一天,一位美丽的女士路过,当我告诉她关于你的事情时,她用魔杖轻轻地点了我一下,然后我就变成了一只再也不会说话的母鸡。我的丈夫回到家后四处找我,最后不得不承认我是溺水淹死了或被野兽吃掉了。后来,那位女士又一次来到这里,她告诉我丈夫给你起名'菲里西缇',还给了他一盆康乃馨和一枚银戒指作为礼物。与她同时来到

一盆康乃馨

这座房子的,还有你父王派来的二十五个士兵。士兵们要杀你,于是漂亮的女士就把他们全变成了绿色的卷心菜,昨天晚上你扔出窗外的那颗就是其中之一。昨夜之前,我从没听到过卷心菜开口说话,我也不知道为什么自己的声音又回来了。"

听了这个奇怪的故事后,公主惊讶极了。她对母鸡说:"我可怜的奶妈,我太同情你了。如果我有能力,一定会把你变回原样。请你不要伤心,我确信事情不会永远都像现在一样。现在,我要去找回属于我的康乃馨,对我而言,这盆康乃馨是最珍贵的东西。"

菲里西缇仍处于听完故事后的震惊状态。她回到小屋,决定拿回心爱的康乃馨。此时,布勒涅离家去了森林,他想不到菲里西缇能找到康乃馨。菲里西缇鼓起勇气走进了布勒涅的房间,在房间里她看到了许多老鼠。这些老鼠扑向她,试图把她从床边赶走。但菲里西缇十分镇静。她猜想仙女的礼物一定带有魔

力，于是便拿起装满香水的罐子，向老鼠身上洒了几滴。老鼠们吱吱叫着逃走了。菲里西缇顺利拿回了康乃馨。康乃馨没有受到伤害，只是因为缺水变得有点枯萎。她把罐子里的水全都浇在了康乃馨上，花朵们马上抬起头来，花香也充斥了整个房间。当菲里西缇心情愉快地闻着花香时，她听到一片叶子温柔地说："菲里西缇你真厉害。今日正是我期盼已久的快乐之日，因为我可以跟你说话了。你是如此美丽，连花儿也爱慕你。"

年轻姑娘今天经历的一切——一开始听到卷心菜和母鸡说话，然后遇到一支老鼠军队，现在是听到康乃馨开口——足以吓晕她，但菲里西缇克服了恐惧。

一盆康乃馨

就在此时，布勒涅回来了。当发现菲里西缇找到了康乃馨，他非常生气。布勒涅将菲里西缇拽到房门前，将她用力推到了门外。菲里西缇摔在地上，但脸并未贴到地面。她睁开眼睛，看见高大、优雅的森林女王站在她身旁。

女王对菲里西缇说："你哥哥太坏了，我已经看到了他是怎样把你从房子里推出来的，你想报仇吗？"

"不，夫人，"温柔的菲里西缇说，"我没有生气，为什么我要学他的恶行？"

"我给不出理由，"女王接着说，"但我认为这个粗鲁的农民不配当你的哥哥，你觉得呢？"

牧羊女谦虚地回答："但据我所知，他真的是我哥哥。"

"什么！难道你没听说自己的公主身份吗？"女王惊讶地问。

"我第一次听说这件事，"菲里西缇答道，"我没办法证明这是真的。"

"亲爱的孩子，"仙女说道，"你的回答让我很高兴，现在我终于清楚看到，在如此贫困的环境里你并没被带坏。是真的，你确实是一位公主。但直到现在，我仍没有能力将你从你所遭受的不幸中解救出来。"

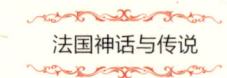

女王正说着,身边出现了一位英俊的小伙子,打断了她。这位小伙子身着绿色天鹅绒,搭配祖母绿扣环,头上戴着一顶康乃馨王冠。小伙子跪在女王面前,女王将他拥入怀中惊呼道:"我亲爱的儿子,你受到的诅咒已经被解除了,感谢这位美丽少女的帮助。"

女王又转身对菲里西缇说:"我知道母鸡都给你讲了什么,但你不知道的是,我就是那位仙女,你母亲的妹妹。当我命令风仙子将我的儿子送去和你交换时,它们将他放在了一张花床上。突然,有一个法力很强的仙女趁机将他变成了一盆康乃馨。这个仙女曾与我有过节,自我儿子出生后她就一直在等待报复的机会,我竭尽全力也没能防住她。我悲痛欲绝,用尽所有时间试着找出解救方法。我发现最好的方法就是将儿子带到你被抚养长大的地方。我预见到,当你用我送的金罐子里的水浇花时,他就可以开口说话,并且爱上你,你们两个就会过上幸福的生活。那枚银戒指也必须从你手中收回,因为这代表了邪恶诅咒将失去魔力。这样一来,即便我们的敌人派出老鼠阻止你取回康乃馨,也不用担心。亲爱的菲里西缇,如果我儿子用这枚银戒指向你求婚,你就会永远幸福。所以,你觉得自己对他的爱意足够让你嫁给他吗?"

"夫人,"菲里西缇公主回答道,"您帮了我很多,并且是我的姨

母。您用魔法将要杀害我的士兵变成了卷心菜,把我的奶妈变成了一只母鸡,为了让我嫁给康乃馨王子,您赐予了我殊荣。但我还是很犹豫,我不知道王子是否真的爱我,如果不能确定他的爱意,我是不会同意的。"

康乃馨王子立刻向菲里西缇表露了爱意。他说自己还是一束花的时候就爱上了她,并一直希望可以告诉她。

在王子和菲里西缇说话时,女王用她的魔杖轻轻点了一下菲里西缇,许诺给她这世上最华贵的礼服。菲里西缇的棉布裙一瞬间变成镶着珍珠的银袍。她乌黑的秀发上顶着钻石王冠,头上罩着金色薄纱,她的脸色如玫瑰和百合般娇艳动人。

就在那时,布勒涅准备出门工作,当他看到菲里西缇的装扮时,还以为自己在做梦。菲里西缇叫住了他,并恳求女王可以对布勒涅施舍同情。

"什么!他对你如此恶劣,你还要同情他?"女王说道。

"我很幸福,"公主说,"我希望他也能幸福。"

女王吻了吻菲里西缇,对她说:"为了让你开心,我会让布勒涅变得富裕起来。"她用魔杖点了点小屋,小屋立刻变成了一座装饰精美、装满了宝物的宫殿。但布勒涅的凳子和床垫仍然还在,这是为了提醒他不要忘记从前的贫穷生活。女王也改善了布勒涅的举止和容貌。布勒涅恳求公主的原谅，并向公主和仙女表达了感谢。最后，女王一挥魔杖，卷心菜全变成了男人，母鸡变成了一名农妇。此时，只有康乃馨王子的心愿还未得到满足，他恳请公主对自己也发发善心。最后，公主同意了他的求婚，因为她从未见过比王子更英俊、更有魅力的人。

　　森林女王因自己的美好祝愿成真而开心。她不遗余力地将婚礼办得盛大隆重。

　　王子和公主的婚姻是幸福的，公主很快就忘记了在遇到森林女王之前遭遇的所有不幸。

两只眼小姑娘

曾经在一个小镇上住着一个女人和她的三个女儿。大女儿叫"一只眼",因为她只有一只眼睛,长在额头中间;二女儿叫"两只眼",因为她和正常人一样有两只眼睛;三女儿叫"三只眼",多出的一只眼睛也是长在额头中间。

两只眼小姑娘有着一双正常人的眼睛,这令她的母亲和姐妹难以忍受。三个人经常合伙虐待两只眼小姑娘,给她吃剩菜剩饭。两只眼小姑娘因此活得非常不幸。

这一家人生活穷苦,家当只有一头山羊。平时是两只眼小姑娘负责去田里放羊。有一天,两只眼小姑娘放羊吃草时,她饿着肚子坐在小土坡上哭了,眼泪滑过她的双颊落到了地上。当她哭够了抬起头

法国神话与传说

时,看到身前站着一位老妇人。老妇人问她:"我的孩子,你为什么哭呀?"

小女孩答道:"我不该哭吗?我的妈妈、姐姐和妹妹都恨我,就因为我和正常人一样长了两只眼睛。我穿的是破衣服,吃的是剩饭剩菜。今天她们只给了我一口吃的,我现在很饿。"

老妇人说道:"小姑娘,先擦干眼泪。我来告诉你一个秘密,知

两只眼小姑娘

道了这个秘密，你就再也不用饿肚子了。每当你想吃饭时，你就对你的山羊说，'小山羊咩咩叫，小饭桌快摆好'，这样你就能吃到一桌美味佳肴。等你吃完，你就说'小山羊咩咩叫，小饭桌快撤掉'，这样饭桌就会消失了。"说完这些，老妇人便离开了。

两只眼小姑娘说："我太饿了，我等不及了！我要立刻试一试，看看她说的是不是真的。"她转向山羊，喊道："小山羊咩咩叫，小饭桌快摆好。"话音刚落，在她面前出现了一个铺着白色台布的小桌子。桌子上的银盘里装满了可口的食物，热气腾腾，十分诱人。两只眼小姑娘开始吃饭，她发现这些食物十分美味。等她吃饱后，她说道："小山羊咩咩叫，小饭桌快撤掉。"转瞬之间，桌子、台布、餐盘和食物统统消失不见了。

"消失不见这个方法真是做家务的捷径。"小女孩一边笑着说，一边开心地往家走。

在家中厨房，她看到陶瓷盘子里有姐妹们留给她的已经冷掉的剩饭，她碰也没碰这些食物。第二天，她没吃家人给的硬面包皮，又带着山羊出门了。起初一两次，姐妹们没有注意到两只眼小姑娘的举动，但没过多久，她们便心生怀疑。两人说道："以前给两只眼什么她都吃，现在她都不怎么吃。她一定是找到了能填饱肚子的方法。"

为了一探究竟，她们决定第二天让一只眼跟两只眼一起出门放羊，观察两只眼在草地上都做些什么，是不是在草地找到了吃的东西。两只眼小姑娘猜到了姐姐的意图，她把羊赶到草丛后，对姐姐说："过来坐一会儿，我给你唱歌。"

一只眼正好走累了，于是坐到了草坪上。两只眼在她旁边不停唱着："一只小小眼你醒着吗？一只小小眼你醒着吗？"不一会儿，一只眼睡着了。两只眼见姐姐睡熟了，便唤来山羊饱餐一顿。等到桌子消失不见，两只眼叫醒了姐姐并说道："你自称要照看山羊却睡着了，幸亏我醒着。起来吧，我们回家去。"她们回到家后，两只眼没有吃留给她的残羹冷炙。

妈妈和妹妹追问一只眼情况，但一只眼只能回答说："我在草坪上睡着了。"

妈妈和三只眼说："这次你跟着去，看看是不是有人给两只眼水和食物，她一定是偷偷吃的。"

于是三只眼跟二姐说："我和你一起去，我要看看你有没有好好放羊。"两只眼猜到了妹妹的心思，于是和之前一样，她把羊赶到草丛后说道："过来坐一会儿，我给你唱歌。"两只眼不太上心地唱着同样的曲子："三只小小眼你醒着吗？三只小小眼你醒着吗？"慢慢地，

两只眼小姑娘

妹妹三只眼中的两只睡着了,剩下的一只没有受到歌声的影响。妹妹假装把第三只眼睛闭上,但醒着的这只眼睛能看到发生的一切。当两只眼叫出小桌饱餐一顿时,第三只眼睛注视着一切。等到桌子消失后,两只眼叫醒了妹妹并说道:"你把羊看守得很好,现在我们回家。"

刚到家门口,三只眼就急忙冲进去把看到的一切告诉了妈妈,并补充说:"真庆幸我的一只眼睛没有睡着,现在我们知道那个得意的家伙为什么不吃东西了。"听到这话,妈妈嫉妒地喊道:"她凭什么比我们吃得好!"然后妈妈取来一把尖刀,刺进了山羊的心脏,山羊倒下死掉了。

两只眼小姑娘心怀悲伤地又来到了草坪。她坐在小土坡上开始痛哭。突然间,之前的妇人又站在了她的面前。妇人问道:"我的孩子,你怎么又哭了?"

女孩回答说:"我不应该哭吗?那只给它念您教我的话就能为我带来食物的山羊,被我妈妈残忍地杀掉了。现在我又要饿肚子了。"

老妇人说道:"擦干你的眼泪,我会再教你一些其他的方法。回家让你的姐妹们把死掉的那只山羊的心脏给你。把心脏埋在你家门前的地里,它会给你带来好运。"

老妇人说完便消失了。两只眼小姑娘回到家中跟姐妹们说:"请把山羊分我一点儿吧,我不要肉,把心脏给我就行。"

姐妹俩笑着说:"心脏可以给你,肉你一口别想要。"当天夜里,两只眼小姑娘背着家人,按照老妇人告诉她的方法,在房门外挖了一个洞,把山羊心脏埋了进去。

第二天早上,三姐妹走出房门,看到门口出现了一棵美丽异常的树,树上满是银叶子和金苹果。大家都猜不出这棵树是怎么出现在家门口的,只有两只眼注意到,树根所在之处正是埋葬山羊心脏的地方。

妈妈跟一只眼说:"爬上去给我们摘点树上的果子。"一只眼爬了上去,然而每当她试着摘金苹果时,树枝都会从她的手中弹出去。最终她一无所获,只好爬了下来。

妈妈又跟三只眼说:"你爬吧,我的宝贝。你有三只眼睛,比你姐姐的一只眼睛看得清楚。"

于是三只眼爬上树,看到了很多可爱的金苹果。然而她并不比姐姐幸运。当她想抓树枝时,树枝会避开她的手掌。最终她也一无所获,爬了下来。最后,妈妈失去了耐心,亲自爬上了树。然而她并没有比两个女儿好多少,只能抓到空气。

这时两只眼小姑娘说:"让我爬吧,也许我能成功。"

其他人轻蔑地喊道:"你?就凭你那两只眼睛能干成什么?"

但两只眼小姑娘依旧爬上树去。这一次,金苹果没有弹开,反而自动掉在小姑娘的手中。就这样,两只眼小姑娘摘下了满满一围裙的金苹果。妈妈和姐妹们抢走了金苹果,两只眼小姑娘的处境也更加

两只眼小姑娘

糟糕，妒火中烧的家人们因为只有两只眼能摘到金苹果而对她越发刻薄。

有一天，当她们站在树下时，一位年轻的骑士骑马而来。

妈妈和姐妹们喊道："两只眼，快离远点，别让他看到你。"她们把两只眼推进树旁的一个空木桶里，又把两只眼刚摘的金苹果塞了进去。

当骑士下马走近时，她们发现这是位年轻英俊的王子。王子驻足欣赏眼前这棵奇异之树，然后向两姐妹问道："这棵宝树的主人是谁？如果她能给我一根树枝，我将满足她的任何愿望。"

于是两个刻薄的姐妹便说树是属于她们的，她们愿意为他折一根树枝。随后她们使出浑身解数，但徒劳无获，树枝和果实每一次都从她们的手中弹开。看到此景，王子说道："这棵树属于你们，但你们却摘不到树枝和果实，这太奇怪了。"

即便如此，姐妹俩仍声称这棵树是属于她们的。当她们说话时，两只眼小姑娘从木桶下方扔出了几个金苹果，这几个金苹果滚到了王子的脚边。

王子吃惊地问苹果是哪儿来的。姐妹俩闷闷不乐地说她们还有一个姐妹，但她不能露面，因为她和普通人一样长了两只眼睛。然而王子坚持要见两只眼。于是两只眼小姑娘从木桶下面钻了出来。

王子被两只眼的美貌深深打动,他说:"你肯定能帮我从树上折下一根树枝。"

两只眼小姑娘回答道:"是的,我确实可以,因为这棵树属于我。"她爬上树,折了一根带着银叶子和金果实的枝干,把它们递给了王子。

于是王子说:"美丽的少女,我该怎么报偿你?"

两只眼小姑娘悲伤地回答道:"我从早到晚又饿又渴,每日每夜悲伤穷困。如果您能带我离开,让我远离这些痛苦,我将幸福到别无所求。"

于是骑士将两只眼小姑娘举上马背,带她乘着白马来到了父王的城堡。在那里,骑士赏赐给小姑娘华美的衣裳和可口的饭菜。不久,他爱上了这位美丽温柔的少女。他征得了父母的同意娶了她,两人从此过上了极为幸福快乐的日子。

当帅气的王子带走两只眼小姑娘后,一只眼和三只眼满心嫉妒和愤怒。她们说道:"不管怎么说,这棵漂亮的苹果树归我们了,方圆百里的人们会前来瞻仰它,也许现在我们能摘下苹果了。"但是,哈!第二天一早,大树消失不见了,两人的希望彻底落空。

两只眼小姑娘

许多年过去了,有一天,正当两只眼小姑娘站在她的城堡门口时,走来两个穷妇向她乞讨。两只眼小姑娘仔细一看,认出了两人是自己的姐姐和妹妹。一只眼和三只眼已经穷到不得不挨家挨户乞讨要饭。两只眼对她们表示了欢迎,并给她们提供了安慰和帮助。她送给姐姐和妹妹一些钱和一栋房子。一只眼和三只眼充满感激地接受了两只眼小姑娘的帮助,两人为年少时做过的恶事后悔不已。

厄运与幸运

很久以前，在遥远的国度，有一位王后养育着两个可爱的儿子。王后请自己的朋友——一位善良的仙女做小王子们的教母，并请求她赠予两位王子每人一件礼物。

仙女说："好吧。我赐予大王子各种各样的不幸，直到他二十五岁，并给他取名'厄运'。"听到仙女的这些话，王后开始啜泣，她恳请仙女更换赐予大王子的礼物。

仙女对王后说："你有所不知。大王子必须历经厄运，否则他将成为一个邪恶的人。"王后不敢再多言，只好恳求仙女让她自己为小王子选择礼物。然而仙女回答说："或许你会做出错误的选择，但没关系，我满足你的心愿。"

于是王后说道:"我希望,小王子一生都能心想事成。"

仙女说:"你犯了大错。我只准许他在二十五岁之前拥有这件礼物,这是为了他好。"

国王和王后为两位王子挑选了保姆,但第三天,大王子的保姆就生病发烧了。他们又为大王子选了一个保姆,可不久后这位保姆跌倒摔断了腿。接下来第三个保姆也生病了。于是人们传播谣言说大王子是不幸的化身,他把不幸带给了所有的保姆。如此一来,没人再愿意接近大王子。最后一位身强力壮的农妇来到了王宫。这位农妇有很多孩子,她自己很难养活他们。她说只要给她一大笔钱,她就可以照顾大王子。国王和王后其实不太关心大王子这个不幸的小家伙,两人满足了农妇的要求,并叫农妇把厄运王子带到她自己的村子去生活。

邪恶的农妇将厄运王子带到了自己的农舍。她脱下大王子身上漂亮的衣服,把它们穿在自己孩子的身上。她用一件旧披风裹住大王子,把他带进森林,扔在了一个有三只小狮子的树洞里。农妇希望大王子能被小狮子吃掉,但母狮并没有伤害大王子,反而把他和幼崽们放在一起喂养。大王子越长越壮,六个月大就能一个人跑来跑去。另一边,假冒大王子的那个孩子死掉了,国王和王后以为摆脱了厄运王子,十分高兴。

已经两岁大的厄运王子一直待在森林里。有一天，一位贵族打猎时发现了他。出于对这个健壮男孩的怜悯，也因为听说了幸运王子想要一个玩伴，贵族把厄运王子带回了王宫，把他献给了王后。

教导幸运王子读书的老师得到了不准弄哭小王子的命令。知道这件事的小王子每次一拿起书就会放声大哭。正因如此，五岁的小王子不识字。相反，厄运王子的读写水平都非常好。

然而，每一次幸运王子淘气惹事，都是厄运王子遭到鞭笞责备。不管厄运王子多么优秀，他都无法逃脱惩罚。不仅如此，幸运王子对这个来路不明的哥哥总是很刻薄。如果有人给厄运王子一个苹果或者一个玩具，幸运王子会从厄运王子手中抢走。总而言之，厄运王子不被允许做任何能让自己开心快乐的事。

大王子十岁时，王后惊讶地发现自己的小儿子非常无知，她跑去请教自己的朋友。仙女对她说："你当初应该许愿让自己的儿子有一个好性格，而不是许愿他能事事如意。他现在一心只想着淘气捣蛋，因此成功地变成了一个性格顽劣的人。"

仙女不肯再多言，于是王后悲伤地返回了王宫。王后下定决心要训斥幸运王子，但这位调皮的小王子却说，如果母后惹他生气，他就绝食饿死自己。听到这话，王后很是害怕。于是她亲吻了小王子，

给了他很多糖果,还和他说,只要他照常吃饭就可以一个星期不用上课。

与此同时,厄运王子成长得十分聪明优秀。虽然他事事让着幸运王子,但生性恶劣的幸运王子却因厄运王子比自己聪明感到气恼。幸运王子无法容忍厄运王子,于是他告诉王后,如果不把厄运王子赶出王宫,那么他将绝食。就这样,可怜的厄运王子被赶出了王宫,流落到街头。

由于害怕得罪幸运王子,没人肯收留厄运王子。除了好心人给的一块面包皮,厄运王子什么吃的也没有。他躲在一棵树下,哆哆嗦嗦地熬过了寒冬的一夜。第二天早上,他自语道:"我不能再待在这里了,我要找些工作,然后在适龄时参军。我记得曾在书上读到过历史上有很多普通士兵变成大将军的故事,也许我会有同样的运气。我虽无父无母,但神给了我一头母狮作为养母,神是不会遗弃我的。"在他跪地祈祷时,一位正直的农夫刚好路过。农民喃喃自语道:"我确信这是个好小伙儿,我要把他带回去为我做事。"

农民在一旁等着,直到厄运王子祈祷结束,他对厄运王子说:"小伙子,你愿意到我这儿来帮我照顾羊群吗?我会给你提供食物,还会照顾你。"

厄运与幸运

厄运王子回答说:"我愿意!我会尽自己所能替您做事。"

然而,这位善良的农夫却有一个狡诈贪婪的妻子。有一天,农妇对厄运王子说:"我丈夫为人小气,从不给我钱。你给我一只羊,再告诉他是狼把羊抓走了。"

小伙子回答道:"我很乐意为您效劳,可我宁愿死也不愿意说谎或偷盗。"

"没人知道你做了什么。"这个农妇说。

厄运王子回答说:"神知道。神知道我们所做的一切。如果我们说谎或偷盗,他会惩罚我们的。"

这个回答激怒了农妇,她狠狠地鞭打了厄运王子,他疼得叫出声来。农夫听到声音后前来询问发生了什么。

他的妻子回答说:"厄运是小偷。我看见他偷吃了一罐奶油,那是我要拿去市场卖的。"

农夫听后说道:"你要为你的贪婪付出代价。"于是厄运王子又遭到了一顿鞭打。

打那之后,农夫的妻子竭尽全力地折磨着厄运王子。她让厄运王子睡在田地里,给他和别的伙计不一样的食物,每一顿都只有面包和白水。

厄运王子在农夫手下工作了一年。虽然他睡在地上，吃得也差，但他依旧长得十分强壮，实际年龄只有十三岁，但看起来像十五岁。此外，他现在有很强的忍耐力，即便遭到无辜责罚也不会在意。当他还在农场时，他听说邻国国王参加了一场大战。他请求农场主放他离开，随后徒步去了邻国，恳请邻国国王让他成为一名士兵。他所加入的军团团长是一位大贵族。不幸的是，这位团长为人十分残暴：他虐待士兵，国王赏赐给士兵们购买食物和衣物的钱款被他搜刮走了一半。因此，厄运王子在军团里过得比在农场时更不快乐。

厄运王子的一些战友成了逃兵，但厄运王子拒绝效仿他们，并发誓会服役十年。尽管团长对厄运王子也很残暴，但因为厄运王子总是尽职尽责，所以团长对这位年轻的士兵产生了信任。如果团长要离开军营一段时间，他会习惯性地把自己的钥匙留给厄运王子保管。

团长给自己建了一座十分宏伟的图书馆，想借此给别人留下他很聪明的印象，但他其实从不看书。厄运王子每天完成任务后，不像其他人那样去打牌喝酒，他会把自己关在团长的图书馆里阅读和学习军事书籍，这样未来他也能够具备率领军队的能力。

时机来了，厄运王子所在的军团受命去服现役。不久后，他和另外五个士兵被选中与团长一起到树林里执行任务。当他们远离了其

厄运与幸运

他部队的视野时，另外五个士兵低声私语说："我们干脆杀了团长这个恶人吧！他一直抢我们的食物和军饷。"厄运王子先是试图劝说他们不要做错事，但发现他们不听劝告时，他拔出剑，英勇地和团长并肩战斗，并亲手杀死了四个人。团长请求厄运王子原谅自己，并将他的英勇行为报告给了国王。国王提拔厄运王子为团长，并赏赐了他一大笔钱。

厄运王子是一位好团长，深得手下士兵们的爱戴。如果士兵受伤，他会照顾他们，并把自己的军饷拿出来与他们分享。最终，一场大战爆发了，带领军队的将军被杀了。一时间，官兵们仓皇撤退。然而厄运王子冲向前大喊，说他宁可手握长剑慷慨赴死，也不愿像个懦夫一样逃跑。他手下的士兵们在他身边集合，与他并肩奋战。他们扭转了战局，击败了敌人，逮捕了很多战俘。国王册封厄运王子为将军，让他统率全军，还让他在王后和公主面前露面。

当厄运王子看到美貌的格莱修丝公主时，便深深地爱上了她，但他不敢开口倾诉。更让他烦恼的是，他得知了幸运王子在看过公主的肖像后也爱上了她，还派了使臣前来求婚。

不过格莱修丝公主知晓幸运王子的秉性，知道他是个顽劣软弱的王子，于是她请求父王不要同意这门婚事。使臣返回后向幸运王子禀告说公主目前不想结婚。这番话激怒了幸运王子，他已经习惯一切都能顺其心意。

幸运王子的父王因为事事顺着小王子，所以向格莱修丝公主的父王宣战。格莱修丝公主的父王却不担心，只是说："只要厄运来统帅军队，我就不怕会打败仗。"

随后，他命人唤来厄运王子，嘱咐他备战。但厄运王子跪在国王脚下，告诉国王说自己出身于幸运王子父王统治的国家，他不能带兵去推翻自己的君主。格莱修丝公主的父王宣布，如果厄运王子拒绝参战，就处死他；如果他能凯旋，就把格莱修丝公主许配给他。即便面对如此大的诱惑，厄运王子依旧决定履行义务。他没有辩解，而是放弃了财富和地位，离开了王官。

与此同时，幸运王子骑马带领军队前进。不过没过几天他就病了，因为他从来没带兵打过仗。生病期间，他得知了格莱修丝公主要与曾被自己逐出王官的厄运王子结婚这件事。这个消息激怒了幸运王子，他决定把格莱修丝公主的父王赶下王位，并提出谁能让厄运王子入狱，谁就能获得一笔丰厚的奖金。

双方交战后，幸运王子大获全胜，其实他本人因为怕死，并没有参与作战。他来到敌军的首都，打算攻城。当天夜里，厄运王子身

缠铁链被带到了幸运王子面前。幸运王子决定在敌军面前将厄运王子斩首示众,他还赐予了将士们一顿宴席来庆祝自己的二十五岁生日。

被围困在城内的士兵得知厄运王子被判死刑后,请求国王允许他们冒险拼死救出他们爱戴的将军。与此同时,仙女赐给幸运王子的

礼物到了期限。因此,当士兵们冲出城外时,幸运王子的军队陷入一片混乱,并很快被击溃。幸运王子在逃跑的时候被杀死了。

士气欢腾的士兵们将厄运王子身上的锁链解下,此时,两辆马车从天而降。一辆马车载着仙女,另一辆载着熟睡中的厄运王子的父王和母后。马车落地时他们才醒了过来,并惊讶于自己置身在军队之中。

厄运与幸运

仙女把厄运王子领到国王和王后面前，说道："夫人，这位英雄就是你的大儿子。他经历的一切不幸都是为了矫正他原本可能会犯的错误。如果没有经历这些，他会成为一个品行不善、暴戾的人。而幸运王子，他出生时本是个性情温顺的孩子，却被溺爱宠坏了。他活的时间越长，性情就会变得越顽劣。如今他虽然被杀，但我可以告诉你们，他正密谋废黜自己的父王，因为他迫不及待想当国王。希望我说的这些对你们是种慰藉。"

国王和王后跑过去抱住了失而复得的大儿子，他的善良及责任感让失去了邪恶的小儿子的国王和王后感到欣慰。

格莱修丝公主得知厄运王子的经历后，很开心自己能够嫁给他。因为她知道，智慧的仙女所赐的苦难反而磨炼了王子的心性，和这样的人一起生活会很幸福。

聪明的公主

第一次十字军东征时,欧洲有一位国王决定参战去对抗萨拉森人。临行前,他把国家治理得井井有条,还任命了一位非常能干的摄政大臣,这样他就不需要操心国事了。然而,对于如何照顾家人,国王还是拿不定主意。他的王后不久前去世了,膝下有三个正值适婚年龄的女儿。大公主名叫朵娜,性格慵懒散漫;二公主名叫普拉蒂利亚,平日嘴巴喋喋不休;小公主名叫芬妮塔,性格机敏、为人谨慎。

论懒散,没人比得过大公主朵娜。她每天下午一点才起床,经常穿得乱糟糟地出现,有时连鞋子都会穿错。每每吃过午饭,她便继续闲坐着等待晚餐。她总是后半夜才睡觉,因为她脱个衣服都要花费很久时间。二公主普拉蒂利亚的生活和大公主完全不同。她动作敏

捷，忙忙碌碌，很少把时间用在吃饭和打扮上。但她太能说了，嘴巴从早到晚一刻不停。仆人、商人、朋友，这些人都是她交谈的对象，只要能让她倾诉聊天，对方是谁都无所谓。和朵娜一样的是，普拉蒂利亚从不读书，也不工作，更不在乎家事和国事。总之，这两姐妹完全生活在安逸之中，日常生活中，她们不动手，也不用脑。

小公主的性格和两个姐姐截然不同。她唱歌跳舞样样精通，针线手艺也是一流。她能把王室日常打理得井井有条，盗窃、欺骗、大事小事都瞒不过她。不仅如此，小公主还有很好的理解力和判断力，每当国王与她商议国家大事时，她总能给出很好的建议。三个女儿中，国王最疼爱小女儿。国王深知，如果只有小公主一个女儿，那么他完全可以安心出征；但出于对另外两个女儿的不信任，他做了其他安排。现在，我来讲给你们听。

在那个古老的时代，仙女们有很强的魔力。国王的老朋友中有一位就是仙女，于是国王前去找仙女商定主意。

国王和仙女说："也不是说我的大女儿和二女儿做了什么出格的事让我感到不安，只是她们两个为人无知，性格冲动，生活懒散。我怕自己出门后她们会做蠢事。我对芬妮塔没什么可担心的，但我得公平对待这三个孩子，不然她们可能会对彼此心生嫉妒。所以啊，聪明

聪明的公主

的仙女，我请求你赐予我三个女儿每人一个玻璃纺纱棒。她们谁做了冲动的事，谁的玻璃棒就会立马碎掉。"

听罢，仙女便给了国王三个带有魔力的纺纱棒。然而，国王依旧不放心，于是他在偏僻无人的地方建造了一座高塔。他要求女儿们在自己离开的日子里去塔里生活，并命令她们不管发生什么事情，都不能让其他人进到塔中。他把玻璃纺纱棒交到女儿们手中，警告了她们这些纺纱棒的魔力。随后他遣散了仆人，锁住了塔门，带着钥匙踏上了征程。

也许你会担心公主们要挨饿，事实上并不会。在修建高塔时，有一个窗户被安装了滑轮。滑轮上有一根绳子，绳子底端系着一个篮子。公主们每天把篮子放下去，仆人便会把食物和必需品放在篮子里。篮子很容易放下来，也很容易拉上去。

朵娜和普拉蒂利亚对被迫在塔里生活这件事感到绝望。大公主讨厌自己动手煮饭做家务。二公主则为除了姐妹没有其他的聊天对象感到烦恼。但这两人必须保持耐心，因为她们知道只要犯一点儿小错，玻璃棒就会碎掉。至于芬妮塔，她没有丝毫不满。纺锤、针线和音乐充实了她的生活。每一天，篮子里都会装有记载着国家和地区大事小情的信件；每一天，芬妮塔都迫不及待地去阅读这些信件。但朵

法国神话与传说

娜和普拉蒂利亚对信件毫无兴趣，两人只会每日抱怨命运的不幸。朵娜和普拉蒂利亚每天大部分时间都在窗前度过，这样她们至少能看看国家周围都有哪些人来来往往。

一天，芬妮塔在自己的房间忙着刺绣，她的两个姐姐看到塔下站着一位衣着破烂的可怜妇人。妇人眼里含着泪水，哀叹着自己命运的不幸。她乞求两位公主让她进到塔里，她会成为公主们忠实的仆人，照料她们的日常起居。一开始，姐妹两人也很犹豫，她们不敢违反父亲的命令。但朵娜实在厌倦了无尽的等待，普拉蒂利亚也极度渴望换个人说说话，于是她们决定放这个陌生人进塔。

普拉蒂利亚问姐姐:"你觉得父王旨意里说的'其他人'包括这个可怜的妇人吗?"

朵娜回答说:"妹妹,随你的心意做吧。"

听到姐姐的回答,普拉蒂利亚立刻把篮子放了下去。可怜的妇人坐进篮子里,公主们把她拉了上来。在两姐妹和这个陌生人交谈时,芬妮塔走进了房间,看到陌生人很惊讶。她觉得姐姐们做了件冲动的事情,但她也知道事已至此,也来不及阻止了。这位老妇人后来借着做家务的由头在城堡里四处走动,实际上她是在寻找关于这座城堡的秘密。

现在,我要告诉你们实情,这位老妇人其实是邻国掌权者的大儿子。这位王子名叫里奇克拉夫特,因为性情恶毒奸诈,人们都叫他"诡计大王"。他还有个弟弟名叫彼拉沃赫,是"帅气耀眼"的意思。小王子不仅为人善良单纯,外貌也仪表堂堂。虽然兄弟二人性情完全不同,但两人却情谊深厚,人们也搞不懂这是为什么。

大王子里奇克拉夫特曾试图打败公主们的父王,但被芬妮塔的智谋搅黄了。打那之后,他就一直在等待复仇的机会。如今王子听说那位国王把女儿们关进塔里并出发远征了,他便决心进到塔中,想办法弄碎公主们的纺纱棒,他知道这样一定能惹怒那位国王。

王子假扮成老妇人进入塔中的那个晚上发生了一件事。晚饭过后,芬妮塔和普拉蒂利亚回了自己的房间,朵娜因为懒得动,一直坐在餐桌旁。这时里奇克拉夫特走了进来,此刻他已脱下原本的破衣烂衫,换上了嵌满黄金珠宝的华贵服饰。这位邪恶的王子跪在朵娜脚旁,开始告白。他说曾在自己父王的宫殿见过朵娜的画像,被她的美貌和魅力深深吸引,便决心找到她并说服她一起远走高飞。当他看到她在城堡里操劳家务时,别提他有多难过了。他和朵娜可以在他的王国结婚生活,这样朵娜就不需要待在这个充满阴霾的城堡里了。

虽然朵娜知道不应该听从这位陌生人的奉承,但她懒得争辩,还答应了王子和他一起离开。当他们走近窗户准备坐篮子下去时,突然出现了巨大的爆裂声。两人环顾四周,发现原来是公主的玻璃纺纱棒碎了。一切都太迟了,朵娜察觉到自己的愚蠢,哭着跑回了自己的房间。

里奇克拉夫特对自己成功实施了诡计感到沾沾自喜,他觉得另外两位公主也会落入圈套。他在城堡里四处游荡,不久便听到了普拉蒂利亚的声音。普拉蒂利亚嘴巴总是说个不停,此刻正在大声自言自语。里奇克拉夫特透过钥匙孔看到这位公主正对着镜子和自己的影

聪明的公主

像聊天，他立刻站在门外开始与她交谈，说的也是对朵娜说的那套话……看到了她的画像，深深地爱上了她……普拉蒂利亚很容易就被说服了，她打开门和王子聊了起来。里奇克拉夫特请求普拉蒂利亚立刻和他一起离开塔楼去自己的王国，他们可以在那里举办婚礼。里奇克拉夫特还说，像普拉蒂利亚这样年轻可爱、开朗健谈、博学多识的公主被关在这阴暗的牢狱无人攀谈，实在是太可惜了。他带普拉蒂利亚来到窗旁篮子前，说服她走进篮子，这样他才能把她放下去。就在此时，一声巨响，普拉蒂利亚看见自己的玻璃纺纱棒碎了一地。

一想到父王会大发雷霆，普拉蒂利亚吓得跑掉了。邪恶的王子再一次对自己的成功沾沾自喜，他打算用同样的办法对付小公主。他在城堡里不停寻找，最后发现了一个房门紧锁的屋子。他猜想这一定是芬妮塔的房间，于是敲门请求芬妮塔出来与自己聊聊。里奇克拉夫特声称自己是芬妮塔父王的朋友和同盟。芬妮塔回答说，不管他是谁，他都不应该住在城堡里，他可以去外面的花园，自己可以透过窗户和他聊天。芬妮塔其实并没打算相信这位陌生人，正当她思考如何才能摆脱里奇克拉夫特时，她看到自己的玻璃纺纱棒转向了房间地板的某个方向。芬妮塔走近一看，发现地板上有个活板门。芬妮塔抬起活板门，发现下方有一个很深的洞，能够一直通到城堡的地牢里。

她将活板门重新关上，但没有锁上门栓，随后走到窗边对里奇克拉夫特说："我改变主意了，我觉得和父王的好朋友通过窗户说话很不礼貌。我请求你再次进到城堡里来，我会让你进入我的房间。"

王子迅速跑上塔楼冲进了芬妮塔的房间，但随即踩到活板门掉了下去。他摔得鼻青脸肿，一整晚难受地躺在地牢潮湿的石板上。

天亮时，里奇克拉夫特看到有阳光透过墙角的一个大排水孔照射进来。这个孔洞大小刚好够他爬进去。最终他顺着水流爬到了塔楼附近的一条小河里。他悲惨不已，后来被一群渔民救下，并被送回了他父王的宫殿。回到宫殿后，王子又花了些时日思考打败公主的计划，最终他选择了一个颇为狡猾的方案。

里奇克拉夫特在大盆里栽种了一些长满果实的树木，并在一天夜里搬到了高塔的窗户下方。因为朵娜和普拉蒂利亚总是站在窗旁，所以第二天她们很快就发现了这些果子。朵娜和普拉蒂利亚又懒又馋，她们叫芬妮塔出去摘一些回来。芬妮塔虽心生犹豫，但她一向对姐姐们言听计从，于是出塔摘了些果子，让两个姐姐贪婪地吃了。又过了一天，窗下出现了新品种的果子，这对朵娜和普拉蒂利亚来说是新的诱惑，于是她们又让芬妮塔出去摘一些上来。然而这一次，芬妮塔被藏在附近的王子随从们抓走了。朵娜和普拉蒂利亚看到后，悲伤

又沮丧。

里奇克拉夫特的随从们将芬妮塔绑架到山顶上，邪恶的王子正在那里等着他们。王子告诉芬妮塔说她马上会死，只有她的死亡才能抹平自己受到的创伤。随后他搬出一个内部插满刀尖的大桶给芬妮塔看，说会将她装进桶里，再让桶从山顶滚落到山谷，这是她应有的惩罚。

年轻的公主并未因命运的悲惨安排而沮丧。里奇克拉夫特被芬妮塔的勇敢无畏气得怒火中烧，想立刻杀死她。

然而，当他弯下腰去检查桶里的刀尖是否够多、够锋利时，芬妮塔猛地推了他一把，让他整个人跌进了桶里，又让桶顺着山坡滚了下去。随后，芬妮塔飞一般地逃走了。因为随从们目睹了王子的残忍行径，所以也没打算抓回公主，等公主跑远了才开始跑下山去救王子。里奇克拉夫特王子虽然没死，但身受重伤。

里奇克拉夫特王子的惨事让他的父王和弟弟深感悲伤，但他们国家的百姓对大王子受伤的事情毫不在意，他们对里奇克拉夫特王子心怀憎恶。不过，高尚善良的小王子对自己那个并不值得爱的哥哥敬重有加，百姓们对此惊讶不已。

国王召唤了国内所有的名医入宫，但没人能治好里奇克拉夫特王子。他的伤情日益严重，似乎没有可能痊愈。

芬妮塔逃离危险后安全地回到了塔楼。之后的一段时间，她与姐姐们静静生活，急切等待着父王的归来。两位公主虽然知道父王看到两个破碎的纺纱棒会有多生气，但她们也无法补救犯下的错误。

与此同时，里奇克拉夫特王子的伤势一天比一天严重，但他仍想向芬妮塔复仇。为此，他叫来弟弟彼拉沃赫说："弟弟，我就要死了。我知道你有多么敬爱我，所以我恳求你不要拒绝我这最后一个请求。"彼拉沃赫发誓说他会答应哥哥的任何请求。这位邪恶的王子拥

聪明的公主

抱了弟弟并说道:"如果你能为我报仇,我将死而无憾。我请求你在我死后立刻向芬妮塔公主求婚,一旦她进入到你的掌控之下,你就用剑刺穿她的心脏。"

说罢,邪恶的里奇克拉夫特王子便咽气了。彼拉沃赫对哥哥的请求十分恐惧,但又不敢违背约定。

芬妮塔很快就听说了里奇克拉夫特王子的死讯。在三位公主得知消息后不久,国王也踏上了返乡的旅途。他赶往塔楼,要求立刻检查女儿们的玻璃纺纱棒。朵娜离开父王的房间,不一会儿拿来了芬妮塔的玻璃纺纱棒。给父王看过后,她行礼退下,把玻璃纺纱棒放回了原位。之后普拉蒂利亚也拿来了相同的玻璃纺纱棒。最后轮到芬妮塔,她拿的还是同一根玻璃纺纱棒。

不过国王是一个疑心很重的人,他要求三个女儿一起拿出玻璃纺纱棒。如此一来,只有芬妮塔拿得出来。国王对大女儿和二女儿大发雷霆,立刻把她们送到了仙女那里。国王请求让这两个女儿有生之年留在仙女身边,并让仙女对她们犯下的错误给予惩罚。仙女严肃地对两位公主说,正是她们的懒惰和不听话导致了人生的种种不幸。为了让两人不再因为懒散酿成大错,她会给她们安排很多工作。一开始,仙女会安排她们去花园捡豆子、锄野草;后来,仙女会安排

聪明的公主

她们在室内干一些繁重无聊的工作。朵娜对这种被迫工作的悲惨生活感到绝望，她最终因劳累和烦恼死去。普拉蒂利亚从仙女的城堡逃了出来，因为害怕再次被抓回王宫，她打扮成农妇的样子住到了乡下。在那里，她爱上了一个耳背的人，并嫁给了他。她对这样的生活很满意，因为她可以从早到晚讲个不停，也不需等待任何回应。

善良的芬妮塔因失去两位姐姐而悲伤不已，但她最烦恼的是听说彼拉沃赫王子向她的父王求亲，还得到了应许。在那个久远时代，结婚并不需要征求女方本人的同意。芬妮塔对此事感到恐惧，她担心里奇克拉夫特——这位恨自己入骨的王子，是为了实现某种邪念而说服弟弟求婚。带着困惑，她去向聪明的仙女寻求帮助。仙女对朵娜和普拉蒂利亚有多讨厌，就对小公主有多喜欢。

但仙女并没有向芬妮塔透露任何消息，只是说："小公主，你为人一向小心谨慎。继续保持这种品质，不要相信任何人，除非你已证实他们对你是心存善意的。记住这一点，你将不需要我的帮助。"没有获得更多建议，芬妮塔又带着种种疑惑回到了王宫。

一些时日后，彼拉沃赫王子派来了使者将小公主接到了自己的王国，并亲自来到遥远的边界城镇与她相会。王子的随从对小王子即将结婚，却仍旧悲伤不已感到不解，特别是在他们看到了年轻美貌的小公主后。

尽管芬妮塔对英俊忧郁的小王子印象很好，但她决定遵照仙女的建议，在没有证据之前不去信任他。当天晚上，芬妮塔做了一个稻草人，并将衣服套在了稻草人身上。她把稻草人放在床上，自己则躲在屋里的帘子后面。芬妮塔刚布置完这一切，彼拉沃赫王子就提着剑进屋了，他用剑刺穿了床上"新娘"的身体。之后，他认为自己为了完成对哥哥的承诺而残忍地杀死公主，如今只能以死赎罪。正当他打算把剑刺入胸膛时，芬妮塔迅速从藏身处蹿了出来，大声喊道："王子，我没有死！你的善良让我不禁猜想，你应该会对自己的行为感到后悔。于是我为阻止你犯下极为可怕的罪行，而设计了一个善意的骗局。"

她向彼拉沃赫王子讲述了她的预见。王子惊讶公主如此智慧且谨慎，并十分感激她阻止自己做出令人后悔的罪大恶极之事。他现在意识到了他是多么无能，一直没能识破哥哥逼迫自己所做的承诺有多么邪恶。

如今，困扰芬妮塔公主和彼拉沃赫王子的事情都已得到解决。他们相互信任，过着溢于言表的幸福生活。